열린
한국어
初級 3
您好！
韓國語

附韓文發音
QR Code
線上音檔

笛藤出版

您好!韓國語. 初級3/韓語教育推廣研究會著 ; 張亞薇審譯.
-- 二版. -- 臺北市 : 笛藤, 2022.10-
　　冊 ; 公分
譯自 : 열린한국어. 초급3
ISBN 978-957-710-871-5(第3冊 : 平裝)
1.CST: 韓語 2.CST: 讀本
803.28　　　　　　　　　　111013847

您好！韓國語 初級3

 附韓文發音 QR Code 線上音檔

2022年10月11日　二版第1刷　定價380元

著　　者	韓語教育推廣研究會
審　　譯	張亞薇
封　　面	果實文化設計工作室・王舒玕
內頁排版	果實文化設計工作室
總 編 輯	洪季楨
編輯企劃	笛藤出版
發 行 所	八方出版股份有限公司
發 行 人	林建仲
地　　址	台北市中山區長安東路二段171號3樓3室
電　　話	(02) 2777-3682
傳　　真	(02) 2777-3672
總 經 銷	聯合發行股份有限公司
地　　址	新北市新店區寶橋路235巷6弄6號2樓
電　　話	(02)2917-8022・(02)2917-8042
製 版 廠	造極彩色印刷製版股份有限公司
地　　址	新北市中和區中山路二段380巷7號1樓
電　　話	(02)2240-0333・(02)2248-3904

◆韓文發音MP3音檔連結
請掃描左方QR Code或輸入網址收聽：
https://bit.ly/HelloKorea3
※請注意英文字母大小寫

訂書郵撥帳戶　　八方出版股份有限公司
訂書郵撥帳號　　19809050
●本書經合法授權，請勿翻印 ●
(本書裝訂如有漏印、缺頁、破損，請寄回更換。)

前 言

　　市面上雖然有許多為外國人所寫成的韓語教材書籍，內容卻多顯不足，也就是數量豐富，卻缺乏品質。即使目前有許多為了促成韓語教育而盡心盡力的人們，研究和思考之後，不斷推出好教材，但實際上，能夠真正因應當前需求，貼近生活面的實際而有效率的教材，仍然相當缺乏。大部分負責韓語教育的大學機構，雖然也出版專門教材和特殊目的所分門別類的教材，但整體來說，現有的韓語教育資料，對於海外的韓語教育課程或短期課程等，在使用上仍然多所不便，也不夠恰當，這對於站在教育崗位上的教師們來說，是共同的心聲。這次推出的**您好！韓國語系列**，是由非正規教育課程中，使用流傳數年的既有教材，以單純學習韓語的外國人為對象，親自從事韓語教育的教師們，花費許多時間，不斷修正和琢磨，最後所編排而成的心血結晶。

　　您好！韓國語系列是將隸屬於韓國國際教育財團（Korea Foundation）的國際交流資源義工網韓語教室（隸屬於韓國國際交流財團的國際交流財團文化中心，由韓語教育專家們組成義工團，自2005年起以外國人為對象，進行免費韓語教育課程，每年累積學生達兩千多名，約80多個國家的外國人在此學習韓語，目前從發音班到高級班，進行每週1次2小時的課程，每月約有250多名的外國人參加。）過去七年間所使用的教材，配合韓語教育的階段，嚴選出初級和中級最常使用的文法，並加強不同領域的語言功能，加以修正、編輯而成的書籍。將口語、寫作、聽力、閱讀的語言領域，自然加以貫穿，以配合課程進行的流程，並增加拓展表達、展翅高飛等單元，更加深語言能力的運用，同時提高流暢度。本系列也以教師們為對象，推出文法重點教師用書，方便教師深度講解文法結構。是能夠同時滿足學習者和教師的韓語教材，同時也和市面上的現有教材有極大的差異化，為了讓學習者們能夠倍感親切，更耗費心血安排了豐富而大量的插畫。為了讓這樣一套流暢而新穎的教材順利推出，不惜給予大力支援的夏雨出版社朴英浩代表，以及在編輯、設計、行銷等各個層面給予支持和幫助的人們，在此表達謝意。同時也感謝韓國國際交流財團的金炳國理事長、尹金鎮部長和所有相關人士，謝謝各位負責爭取場地和預算，在物質和精神上給予支援，以讓每年多達數千多名學習者的韓語教育課程得以延續下去，在此衷心獻上感謝。

2011年 晚秋某日

韓語教育研究會 代表 千成玉

共同執筆 金尹珍、丁美珍、李淳晶、崔真玉、呂胤姬、朴聖惠、申雅朗、黃后永

介紹

　本書和現有以專業學問為目的的大學教材，或滿足特殊目的的大多數韓語教材作出區隔化，更具實質性、效率性，是以真實生活為重心所編成的教材，整理出韓國人在日常生活中使用頻率最高的韓語文法和句型，能夠提升口語、聽力、閱讀、寫作能力。本書收錄初級和中級階段所有基本必備句型，以日常生活中時時可能接觸的各種狀況、功能性會話為練習重點，也收錄了真實生活中能即時加以運用的自然表達句型，而本書也將正規的韓語教育課程中，歷經多年驗證的內容加以編入，無論學習者目的為何，都能廣泛使用，是本能夠隨著韓語教育設計而變化，經得起時間考驗且兼具邏輯性和實用性的韓語教材。

結構

준비하기 學習準備
進入單元之前，說明需事先思考的背景知識。

학습문법 文法重點
揭示該單元的學習文法。

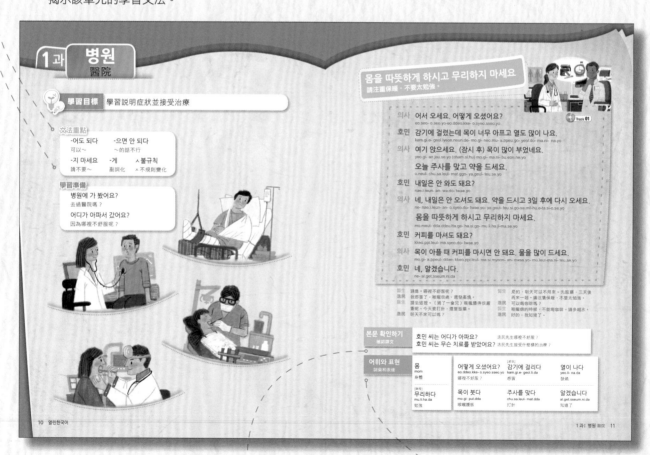

본문 확인하기 確認課文
讀完課文，確認內容。

어휘와 표현 詞彙和表達
列出課文出現的新單字和表達。

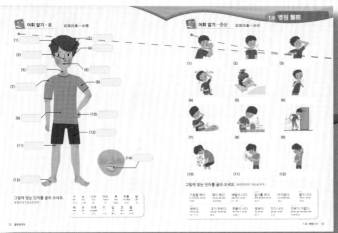

어휘 알기 / 표현 알기　認識詞彙／認識表達
學習配合單元主題的新詞彙（初級）和表達（中級）。

문법 알기　認識文法
根據單元的學習文法，列舉相關例句，學習如何運用和形態變化。

읽고 쓰기　閱讀寫作
根據主題或文法，練習閱讀和寫作，均衡運用語言功能。

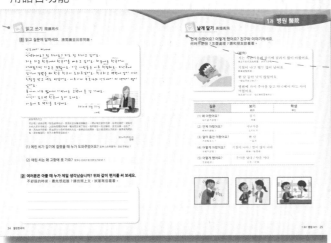

문법 익히기　熟悉文法
根據單元的學習文法，列出練習問題，加強熟練度

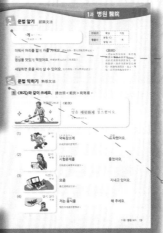

날개 달기　展翅高飛
根據單元主題，編排活動，讓學習過程更加活潑生動。

듣기　聽力
內容包括和單元主題相關的學習文法，練習解開問題。

표현 넓히기 / 문화 알기
拓展表達／認識文化
提供多元資訊，以拓展和主題相關的表達，在認識文化（初級）單元中，也介紹韓國豐富文化。

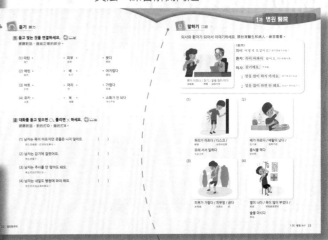

말하기　口語
練習和單元主題相關的內容，提升口語能力。

목 차 目錄

1과 병원
醫院

💡 **學習目標** 學習説明症狀並接受治療

文法重點

-어도 되다　　-으면 안 되다

可以～　　　　～的話不行

-지 마세요　　-게　　　ㅅ불규칙

請不要～　　　副詞化　　ㅅ不規則變化

學習準備

병원에 가 봤어요?

去過醫院嗎？

어디가 아파서 갔어요?

因為哪裡不舒服呢？

몸을 따뜻하게 하시고 무리하지 마세요

請注重保暖，不要太勉強。

Track 01

의사	어서 오세요. 어떻게 오셨어요? eo.seo- o.seo.yo-eo.ddeo.kke- o.syeo.sseo.yo
호민	감기에 걸렸는데 목이 너무 아프고 열도 많이 나요. kam.gi.e- geol.lyeon.neun.de- mo.gi- neo.mu- a.ppeu.go- yeol.do- ma.ni- na.yo
의사	여기 앉으세요. (잠시 후) 목이 많이 부었네요. yeo.gi- an.jeu.se.yo (cham.si.hu) mo.gi- ma.ni- bu.eon.ne.yo
	오늘 주사를 맞고 약을 드세요. o.neul- chu.sa.leul- mat.ggo- ya.geul- teu.se.yo
호민	내일은 안 와도 돼요? nae.i.leun- an- wa.do- twae.yo
의사	네, 내일은 안 오셔도 돼요. 약을 드시고 3일 후에 다시 오세요. ne- nae.i.leun- an- o.syeo.do- twae.yo- ya.geul- teu.si.go-sa.mil-hu.e-ta.si-o.se.yo
	몸을 따뜻하게 하시고 무리하지 마세요. mo.meul- dda.ddeu.tta.ge- ha.si.go- mu.li.ha.ji-ma.se.yo
호민	커피를 마셔도 돼요? kkeo.ppi.leul- ma.syeo.do- twae.yo
의사	목이 아플 때 커피를 마시면 안 돼요. 물을 많이 드세요. mo.gi- a.ppeul- ddae- kkeo.ppi.leul- ma.si.myeon- an- dwae.yo- mu.leul-ma.ni- teu.se.yo
호민	네, 알겠습니다. ne- al.get.sseum.ni.da

醫生	請進。哪裡不舒服呢？	醫生	是的，明天可以不用來。先服藥，三天後
浩民	我感冒了，喉嚨很痛，還發高燒。		再來一趟。請注重保暖，不要太勉強。
醫生	請坐這裡。（過了一會兒）喉嚨腫得很嚴	浩民	可以喝咖啡嗎？
	重呢。今天要打針，還要服藥。	醫生	喉嚨痛的時候，不能喝咖啡。請多喝水。
浩民	明天不來可以嗎？	浩民	好的，我知道了。

본문 확인하기
確認課文

호민 씨는 어디가 아파요? 浩民先生哪裡不舒服？
호민 씨는 무슨 치료를 받았어요? 浩民先生接受什麼樣的治療？

어휘와 표현
詞彙和表達

몸 mom 身體	어떻게 오셨어요? eo.ddeo.kke- o.syeo.sseo.yo 哪裡不舒服？	[感氣] 감기에 걸리다 kam.gi.e- geol.li.da 感冒	열이 나다 yeo.li- na.da 發燒
[無理] 무리하다 mu.li.ha.da 勉強	목이 붓다 mo.gi- put.dda 喉嚨腫脹	주사를 맞다 chu.sa.leul- mat.dda 打針	알겠습니다 al.get.sseum.ni.da 知道了

어휘 알기 - 몸   認識詞彙－身體

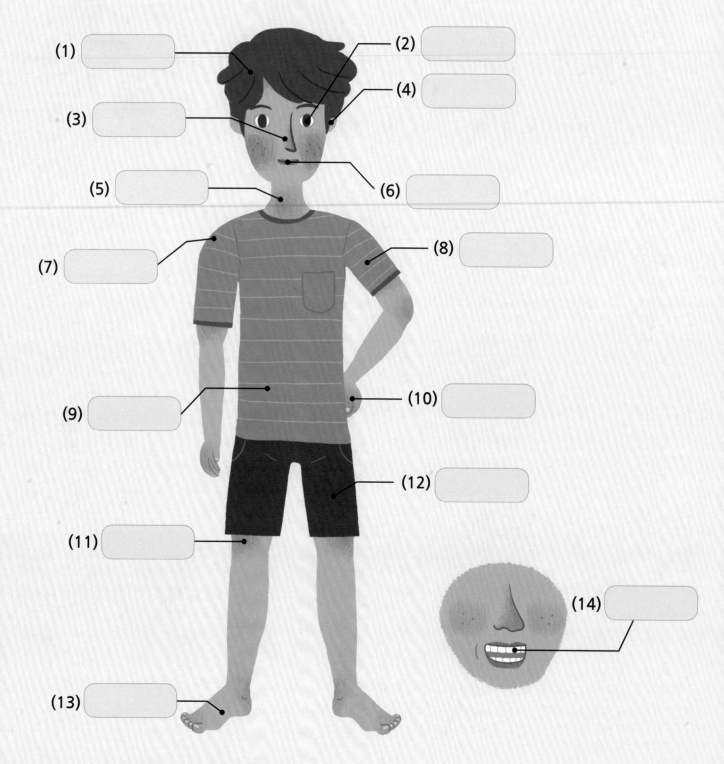

(1)

(2)

(3)

(4)

(5)

(6)

(7)

(8)

(9)

(10)

(11)

(12)

(13)

(14)

그림에 맞는 단어를 골라 쓰세요.
選擇並寫下適合的單字。

귀	눈	다리	머리	목	무릎	발
kwi	nun	ta.li	meo.li	mok	mu.leup	pal
耳朵	眼睛	腿	頭	喉嚨	膝蓋	腳
배	손	어깨	이	입	코	팔
pae	son	eo.ggae	i	ip	kko	ppal
肚子	手	肩膀	牙齒	嘴巴	鼻子	手臂

어휘 알기 - 증상　認識詞彙－症狀

(1)

(2)

(3)

(4)

(5)

(6)

(7)

(8)

(9)

(10)

(11)

(12)

그림에 맞는 단어를 골라 쓰세요. 請選擇並寫下適合的單字。

기침을 하다 ki.chi.meul- ha.da 咳嗽	목이 붓다 mo.gi- put.dda 喉嚨腫脹	배탈이 나다 pae.tta.li- na.da 肚子痛	[泄瀉] 설사를 하다 seol.sa.leul- ha.da 腹瀉	어지럽다 eo.ji.leop.dda 暈眩	[熱] 열이 나다 yeo.li- na.da 發燒
[滯] 체하다 che.ha.da 消化不良	코가 막히다 kko.ga- ma.kki.da 鼻塞	[吐] 콧물이 나다 kon.mu.li- na.da 流鼻水	토하다 tto.ha.da 嘔吐	피가 나다 ppi.ga- na.da 流血	[皮膚] 피부가 가렵다 ppi.bu.ga- ka.lyeop.dda 皮膚搔癢

문법 알기 認識文法

-어도 되다 可以~

→ 動詞 + 아 / 어 / 해도 되다

詞性	母音	句型
동사	ㅏ,ㅗ (O)	-아도 되다
	ㅏ,ㅗ (X)	-어도 되다
	하다	해도 되다

〈例句〉 아프면 집에 일찍 가도 돼요. 不舒服的話，可以早點回家。

[電話]
아무 때나 전화해도 돼요. 隨時都可以打電話。

[帽子]
가:모자를 써도 돼요? 可以戴帽子嗎？

[帽子]
나:네, 모자를 써도 돼요. 是，可以戴帽子。

〈説明〉

아 / 어 / 해도 되다 意思是「做～也可以」，表示允許。將動詞原型的 다 去掉，若末字的母音為 ㅏ,ㅗ，後接 - 아도 되다，只要母音非 ㅏ,ㅗ，後接 - 어도 되다，若屬하다 動詞，則去掉 하다，改 해도 되다。注意 되다（可以）加上尊敬語尾 - 어요 時，되和어結合，會成為돼요。

 문법 익히기 熟悉文法

1 〈보기〉와 같이 쓰세요. 請仿照 〈範例〉寫寫看。

〈範例〉

[教室]
가: 교실에서 물을 마셔도 돼요? (마시다喝)
可以在教室喝水嗎？

나: 네, 물을 마셔도 돼요.
是，可以喝水。

(1)

[美術館] [寫真]
가: 미술관에서 사진을 　　　　(찍다 照) 可以在美術館照相嗎？

나: 네, 　　　　　　　　是，可以照相。

(2)

[飛行機]
가: 비행기에서 　　　　(전화하다 打電話)
[電話]
可以在飛機上打電話嗎？

나: 네, 　　　　　　　是，可以打電話。
ne

(3)

가: 잔디밭에 　　　　(들어가다 進去) 可以進去草坪嗎？

나: 네, 　　　　　　　是，可以進去。

(4)

[劇場]
가: 극장에서 음식을 　　　　(먹다 吃) 可以在電影院吃東西嗎？

나: 네, 　　　　　　　是，可以吃東西。

2 **〈보기〉와 같이 쓰세요.** 請仿照＜範例＞寫寫看。

＜範例＞

가: ^[窗門]창문을 열어도 돼요? 可以開窗戶嗎？

나: 네, 창문을 여세요. 可以，請開窗戶。

(1)

가: _____ 可以去化妝室嗎？

나: 네, 화장실에 가세요. 可以，請去化妝室。
^[化妝室]

(2)

가: _____ 可以聽音樂嗎？

나: 네, 음악을 들으세요. 可以，請聽音樂。
^[音樂]

(3)

가: _____ 可以照相嗎？

나: 네, 사진을 찍으세요. 可以，請拍照。
^[寫真]

(4)

가: _____ 可以做菜嗎？

나: 네, 음식을 만드세요. 可以，請做菜。
^[食物]

(5)

가: _____ 可以讀書嗎？

나: 네, 책을 읽으세요 可以，請讀書。
^[冊]

(6)

가: _____ 可以喝咖啡嗎？

나: 네, 커피를 드세요. 可以，請喝咖啡。
^[coffee]

문법 알기 認識文法

動詞	尾音	句型
동사	받침 (O)	-으면 안 되다
	받침 (X)	-면 안 되다

-으면 안 되다 如果~的話不行
→動詞 ＋ (으) 면 안 되다

[約束]
약속을 잊으면 안 돼요. 忘記約會的話不行。

[來日] [時] [時]
내일은 9시까지 오면 안 돼요. 8시까지 오세요.
明天9點來的話不行。請8點前到。

가: 아저씨, 여기에서 내려도 돼요? 先生，可以在這裡下車嗎？

[停留場]
나: 여기는 정류장이 아니니까 내리면 안 돼요.
這裡不是站牌，下車的話不行。

〈說明〉

(으) 면 안 되다意思是「不行~」，表示不允許的句型。將動詞原型的 去掉，若末字有尾音，後接 - 으면 안 되다，若無尾音，後接 - 면 안 되다。注意안 되다 (不可以) 加上尊敬語尾 - 어요時，되和어結合，會成為안 돼요。

 ## 문법 익히기 熟悉文法

1 〈보기〉와 같이 쓰세요. 請仿照〈範例〉寫寫看。

[電話]
전화를 하다 打電話

〈範例〉
[劇場] [電話]
극장에서 전화를 하면 안 돼요.
不能在電影院使用電話。

[coffee]
커피를 마시다
喝咖啡

(1) [圖書館]
도서관에서
不行在圖書館喝咖啡。

[寫真]
쓰레기를 버리다
丟垃圾

(2) [公園]
공원에
不行將垃圾丟在公園。

[寫真]
사진을 찍다
照相

(3) [博物館]
박물관에서
不行在博物館照相。

[computer]
컴퓨터를 쓰다
使用電腦

(4)
지금은
現在不行使用電腦。

2 **〈보기〉와 같이 쓰세요.** 請仿照〈範例〉寫寫看。

〈範例〉

가: 한국어수업시간에 [韓國語授業時間] 영어로 [英語] 이야기해도 돼요?
可以在韓語課時說英文嗎？

나: 아니요, 영어로 [英語] 이야기하면 안 돼요.
不，不行說英文。

---

(1)

가: 도서관에서 [圖書館] 빵을 먹어도 돼요? 可以在圖書館吃麵包嗎？

나: 아니요,

不，不行在圖書館吃麵包。

(2)

가: 여기에 앉아도 돼요? 可以坐這裡嗎？

나: 아니요,

不，不行坐這裡。

(3)

가: 이 티셔츠를 [t-shirts] 입어 봐도 돼요? 可以試穿這件T恤嗎？

나: 아니요,

不，不行試穿T恤。

(4)

가: 이름을 안 써도 돼요? 可以不寫名字嗎？

나: 아니요,

不，不行不寫名字。

(5)

가: 텔레비전을 [television] 켜도 돼요? 可以開電視嗎？

나: 아니요,

不，不行開電視。

문법 알기 認識文法

動詞	尾音	句型
동사	받침 (O)	-지 마세요
	받침 (X)	

-지 마세요 請不要~、請勿~
→動詞 + 지 마세요

[寫真]
여기에서 사진을 찍지 마세요. 請勿在這裡照相。

[危險]
위험하니까 뛰지 마세요. 很危險，請不要奔跑。

[運轉]　　　　　　[電話]
운전하면서 전화하지 마세요. 請勿邊開車邊講電話。

〈説明〉

- 지 마세요意思是「請勿~」，表示禁止。屬於尊敬的命令句型，將動詞原型的다去掉，無論末字有無尾音，一律加上 - 지 마세요。

 문법 익히기 熟悉文法

1 〈보기〉와 같이 쓰세요. 請仿照〈範例〉寫寫看。

담배를 피우다
抽菸

〈範例〉

담배를 피우지 마세요.

請勿抽菸。

(1) 뛰다
奔跑

請勿奔跑。

(2) [寫真]
사진을 찍다
照相

請勿照相。

(3)  [飲食]
음식을 먹다
飲食

請勿飲食。

(4) [駐車]
주차하다
停車

請勿停車。

문법 알기 認識文法

-게 很~（地）
→形容詞 ＋ - 게

形容詞	尾音	句型
형용사	받침 (O)	-게
	받침 (X)	

더워서 머리를 짧게 자를 거예요. 因為很熱，要把頭髮剪得很短。

[點心]
점심을 맛있게 먹었어요. 中餐吃得很好吃（很滿足）

세일하면 옷을 싸게 살 수 있어요. 打折的話，可以買得很便宜。

〈説明〉
- 게加在形容詞後，意思是將某件事情「做得很～」。目的是將形容詞副詞化，修飾動詞。將形容詞原型去掉다，無論有無尾音，加上 - 게後，即可修飾動詞句子。

문법 익히기 熟悉文法

1 〈보기〉와 같이 쓰세요. 請仿照＜範例＞寫寫看。

깨끗하다乾淨

〈範例〉

[房] [清掃]
방을 　깨끗하게 　청소했어요.

房間掃得很乾淨。

(1)

늦다
晚

[約束場所]
약속장소에 　　　　　　도착했어요.

很晚到達約定場所。

(2)

쉽다簡
簡單

[試驗問題]
시험문제를 　　　　　　풀었어요.

很輕鬆地解開考試題目。

(3)

바쁘다忙
忙碌

요즘 　　　　　　　　지내고 있어요.

最近過得很忙碌。

(4)

맵지 않다
不辣

[飲食]
저는 음식을 　　　　　해 주세요.

我的食物請不要弄辣。

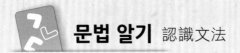

문법 알기 認識文法

〈說明〉

ㅅ 불규칙 不規則變化

→原型ㅅ다 的不規則變化

ㅅ다原型分為規則和不規則，屬規則原型時，後面接任何句型，皆不會變化，若屬不規則原型，即會變化。不規則原型ㅅ다，當다去掉，後接母音時，尾音ㅅ會脫落，例句中붓다（腫脹）、낫다（痊癒）皆屬不規則原型，붓다加上 -어요語尾時，尾音ㅅ產生脫落，成為부어요（腫起來）。낫다加上命令句 -으세요時，낫的尾音ㅅ脫落，成為나으세요（請痊癒）。抓藥的動詞짓다，也屬不規則，當後接 -어요語尾時，ㅅ也會脫落，因此成為약을 지어요（抓藥）。需注意씻다（洗）、웃다（笑）、벗다（脫）屬規則動詞，ㅅ皆不需脫落。

[藥局] [藥]
약국에서 약을 지어요. 在藥局抓藥。

[感氣]
감기에 걸려서 목이 부었어요. 感冒了，所以喉嚨腫起來了。

[明日]
오늘은 아프지만 내일은 모두 나을 거예요.
今天雖然不舒服，明天都會痊癒的。

받침ㅅ + 모음 → 받침ㅅ + 모음

붓다 腫脹   붓 + 어요 → 붓 + 어요 → 부어요

낫다 痊癒   낫 + 으세요 → 낫 + 으세요 → 나으세요

문법 익히기 熟悉文法

1 다음 표를 완성하세요. 請完成下表。

	-고 然後	-(으)세요 請~	-아서/어서 ~之後	-았어요/었어요 過去式語尾
낫다 痊癒	낫고			
짓다 抓（藥），建造		지으세요		
붓다 腫脹			부어서	
젓다 攪拌				저었어요
* 씻다 洗			씻어서	
* 웃다 笑				웃었어요
* 벗다 脫		벗으세요		

2 **〈보기〉와 같이 쓰세요.** 請仿照〈範例〉寫寫看。

〈範例〉

가: 동생[同生]이 아파요? 弟弟不舒服嗎?

나: 지난주[週]에 아팠는데 지금은 나았어요.

上週不舒服，現在好了。　　　　(낫다 痊癒)

(1)

가: 이 건물[建物]을 언제 지었어요? 這棟建築什麼時候蓋的?

나: 이 건물[建物]은 3년전[年前]에　　　　　　這棟建築3年前蓋的。

(짓다 興建)

(2)

가: 어디가 아파요? 哪裡不舒服?

나: 목이 많이　　　　　　　말을 할 수 없어요.

喉嚨腫起來，不能說話。

(붓다 腫脹)

(3)

가: 커피[coffee]가 너무 써요. 咖啡太苦了。

나: 커피[coffee]에 설탕[雪糖]을 넣고 잘

在咖啡裡加砂糖，好好攪拌。

(젓다 攪拌)

(4)

가: 사진[寫真] 좀 찍어 주시겠어요? 可以幫我照相嗎?

나: 좋아요.　　　　　　　好的，請笑一個。

(웃다 笑)

(5)

가: 신발을 신고 들어가도 돼요? 可以穿鞋子進去嗎?

나: 아니요, 신발을

不，得脫鞋子才行。

(벗다 脫)

듣기 聽力

1 듣고 맞는 것을 연결하세요. 🎵 Track 02

請聽對話，連結正確的部分。

(1) 마틴 • 馬丁	• 피부 • 皮膚	• 붓다 腫脹
(2) 에린 • 愛琳	• 배 • 肚子	• 어지럽다 暈眩
(3) 바트 • 巴特	• 머리 • 頭	• 가렵다 搔癢
(4) 유카 • 由夏	• 목 • 喉嚨	• 소화가 안 되다 消化不良

2 대화를 듣고 맞으면 ◯, 틀리면 ✕ 하세요. 🎵 Track 03

請聽對話，對的打O，錯的打X。

(1) 남자는 목이 아프지만 콧물은 나지 않아요.   (   )

　　男生喉嚨痛，但沒有流鼻水。

(2) 남자는 감기에 걸렸어요.   (   )

　　男生感冒了。

(3) 남자는 주사를 안 맞아도 돼요.   (   )

　　男生可以不用打針。

(4) 남자는 내일도 병원에 와야 해요.   (   )

　　男生明天也必須來醫院。

말하기 口語

의사와 환자가 되어서 이야기하세요. 請扮演醫生和病人，練習看看。

목이 아프다 / 감기 / 말을 많이 하다
喉嚨痛　　　感冒　話説太多

〈範例〉

의사: 어떻게 오셨어요? 請問哪裡不舒服？

환자: 목이 아파서 왔어요. 我的喉嚨很痛。

의사: 감기예요. 是感冒。

① 말을 많이 하지 마세요. 請不要説太多話。

② 말을 많이 하면 안 돼요. 話説太多的話不行。

(1)

허리가 아프다 / 디스크 /
腰痛　　　　坐骨神經痛

오래 서서 일하다
久站工作

(2)

배가 아프다 / 배탈이 났다 /
肚子痛　　　腸胃不適

음식을 먹다
吃東西

(3)

피부가 가렵다 / 피부염 / 긁다
皮膚癢　　　　皮膚炎　抓

(4)

열이 나다 / 목이 많이 부었다 /
發燒　　　喉嚨嚴重腫脹

술을 마시다
喝酒

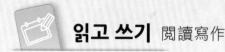

읽고 쓰기 閱讀寫作

1 **읽고 질문에 답하세요.** 請閱讀並回答問題。

안드레이 씨에게

[安寧]
안녕하세요? 잘 지내요? 저도 잘 지내고 있어요.
[韓國]　　　　　　　　　　　　　　　　[韓國語]　　　　　　　　　　　　[韓國語]
저는 지금 한국에서 한국어를 배우고 있어요. 처음에는 한국어가
　　　　　　　　　　　　　　　　　　　　[親切]　　　　　　　　　　　[週]
어려웠지만 지금은 괜찮아요. 이곳 사람들은 아주 친절해요. 지난주에
[感氣]　　　　　　　[韓國親舊]　　　　　　　　　　　　[親舊]　　　　　[病院]
감기에 걸렸을 때 한국 친구가 도와주었어요. 친구하고 병원에 같이 가서
[診察]　　　　　[藥]　　　　　　　　　　　　　　[父母]
진찰을 받고 약도 먹었어요. 아프니까 부모님과 안드레이 씨 생각이 많이
났어요.
[休假]　　　　　　　　　　　　　　[故郷]
휴가가 너무 짧아서 이번에는 고향에 못 갈 거예요.
[時間]　　　　　[韓國]
시간이 있으면 한국에 놀러 오세요.
[便紙]
다음에 또 편지를 보낼게요.
　　　　　　　　　　　　　　　　[年] [月] [日]
　　　　　　　　　　　　　　　201x년 5월 21일
　　　　　　　　　　　　　　　　　에린

給安得烈先生

您好嗎？過得好嗎？我也過得很好。我現在正在韓國學韓語。一開始韓文雖然很難，但現在還好。這個地方的人們非常親切。上週我感冒的時候，韓國朋友幫了我忙。我和朋友一起去醫院，接受治療，也吃了藥。因為很不舒服，更加想念父母和安得烈先生。假期很短的關係，這次我沒辦法回家鄉。如果有時間的話，請來韓國玩。我下次會再寄信給您。

201x年5月21日
愛琳

(1) 에린 씨가 감기에 걸렸을 때 누가 도와주었어요? 愛琳小姐感冒時，誰給予幫助？

(2) 에린 씨는 왜 고향에 못 가요? 愛琳小姐為什麼沒辦法回家鄉？

2 **여러분은 아플 때 누가 제일 생각났습니까? 위와 같이 편지를 써 보세요.**
不舒服的時候，最先想起誰？請仿照上文，試著寫信看看。

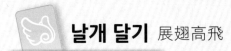 **날개 달기** 展翅高飛

언제 아팠어요? 어떻게 했어요? 친구와 이야기하세요.
何時不舒服？怎麼處理？請和朋友說看看。

〈範例〉

저는 지난가을에 감기에 걸려서 많이 아팠어요.
我去年秋天因為感冒，非常不舒服。

기침이 나고 열도 많이 났어요.
咳嗽還發高燒。

한 달 동안 낫지 않았어요.
一整個月都沒有好。

병원에 가서 주사를 맞고 약국에서 약도 사서 먹었어요.
我去醫院打針，也在藥局買藥來吃。

질문 問題	보기 範例	학생 學生
(1) 왜 아팠어요? 為什麼不舒服？	감기 感冒	
(2) 언제 아팠어요? 何時不舒服？	지난가을 去年秋天	
(3) 얼마 동안 아팠어요? 不舒服多久？	한 달 一個月	
(4) 어떻게 아팠어요? 怎樣不舒服？	기침이 나다 / 열이 많이 나다 咳嗽／發高燒	
(5) 어떻게 했어요? 怎麼處理？	주사를 맞다 / 약을 먹다 打針／吃藥	

표현 넓히기 - 약 拓展表達－藥

언제 먹어요? 什麼時候吃？		[藥] 약 이름 藥名	
기침이 나다	咳嗽	[藥] 기침약	咳嗽藥
[熱] 열이 나다	發燒	[解熱劑] 해열제	退燒藥
[感氣] 감기에 걸리다	感冒	[感氣藥] 감기약	感冒藥
머리가 아프다	頭痛	[頭痛藥] 두통약	頭痛藥
[消化] 소화가 안 되다	消化不良	[消化劑] 소화제	消化劑

언제 먹으면 좋아요?　← [효능·효과]　→ 기침, 콧물
什麼時候吃最好？　← [效能·效果]　→ 咳嗽、鼻水

어떻게/얼마나 먹어요?　← [용법·용량]　→ 성인 1일 3회
該吃／吃多少？　← [用法·用量]　→ 成人 1天 3次

〈單字補充說明〉

코막힘	재채기	[一般醫藥品] 일반의약품	[綜合感冒藥] 종합 감기약	[錠] 정	[capsule] 캡슐
kko.ma.kkim	chae.chae.gi	il.ban.i.yak.ppum	chong.hap-gam.gi.yak	cheong	kkaep.ssyul
鼻塞	噴嚏	普通級醫藥品	綜合感冒藥	錠	膠囊

문화 알기 認識文化

1 처방전 [處方箋] 處方籤

처 방 전						
(1)건강보험 (2)의료급여 (3)산재보험 (4)자동차보험 (5)기타( )요양기관기호 : 35315466						
교부년월일 및 번 호	년 월 일 제호		의료기관	명 칭		
				전화 번호		
환자	성 명	홍길동		팩스 번호		
	주민등록번호			e-mail주소		
질병분류기호		처 방 의료인의 성 명	(서명 또는 날인)	면허종별	의사	
				면허번호	55107	

병원에 가서 진료가 끝나면 병원에서 처방전을 줘요.
[病院]　　　[診療]　　　　　[病院]　　　[處方箋]

去醫院結束診療之後，醫院會給處方籤。

그 처방전을 가지고 약국에 가면 약을 살 수 있어요.
　[處方箋]　　　　　　[藥局]　　　[藥]

拿著處方籤去藥局的話，可以買得到藥。

2 구급차 [救急車] 救護車

한국에서는 언제 어디서나 전화로 구급차를 부를 수 있어요.
[韓國]　　　　　　　　　　[電話]　[救急車]

在韓國隨時隨地都可以利用電話叫救護車。

구급차를 부를 때의 전화번호는 119예요
[救急車]　　　　　　[電話番號]

叫救護車時，電話號碼是119。

2과 분실물
遺失物

 學習目標 學會說明遺失的物品。

文法重點

-는데	-은
不過～	～的

ㅎ 불규칙	어떤	보다 (더)
不規則變化	怎樣的	比～（更）

學習準備

언제, 무엇을 잃어버렸어요?
何時，遺失過什麼物品呢？

물건을 잃어버리면 어떻게 해요?
遺失物品時該怎麼辦呢？

모양은 비슷한데 색이 달라요
樣子很像，不過顏色不一樣。

🎵 Track **04**

마틴	실례합니다. 여기가 분실물센터죠? sil.le.ham.ni.da- yeo.gi.ga- pun.sil.mul.sen.tteo.jyo
직원	네, 뭘 찾으러 오셨어요? ne- mwo.cha.jeu.leo- o.syeo.sseo.yo
마틴	어젯밤 11시쯤에 까만색 가방을 잃어버렸어요. eo.je.bam- yeo.lan.si.jjeu.me- gga.man.saek- ka.bang.eul- i.leo.beo.lyeo.sseo.yo
직원	몇 호선에서요? myeo- tto.seo.ne.seo.yo
마틴	4호선 사당역에서 내릴 때 지하철에 놓고 내렸어요. sa.ho.seon- sa.dang.yeo.ge.seo- nae.lil- ddae- chi.ha.cheo.le- no.kko- nae.lyeo.sseo.yo
직원	잠깐만 기다리세요. 이거예요? cham.ggan.man- ki.da.li.seo.yo- i.geo.ye.yo
마틴	모양은 비슷한데 색이 달라요. 이것보다 더 밝은 색이에요. mo.yang.eun- pi.seu.ttan.de- sae.gi- tal.la.yo- i.geot.bbo.da- teo- pal.geun- sae.gi.e.yo
직원	그럼 이쪽으로 와서 한번 보실래요? 가방이 몇 개 더 있어요. keu.leom- i.jjo.geu.lo- wa.seo- han.beon- po.sil.lae.yo- ka.bang.i- myeot- gae- teo- i.sseo.yo
마틴	아! 이거예요. a- i.geo.ye.yo
직원	찾아서 다행이네요. 여기에 서명해 주세요. cha.ja.seo- ta.haeng.i.ne.yo- yeo.gi.e- seo.myeong.hae- chu.se.yo

馬丁	不好意思。這裡是失物招領中心對吧？
職員	是的，請問您要找什麼呢？
馬丁	昨晚11點左右我遺失了黑色的包包。
職員	在幾號線呢？
馬丁	在4號線舍堂站下車的時候，我忘在地鐵上了。

職員	請稍等一下。是這個嗎？
馬丁	樣子很像，不過顏色不一樣。顏色比這個更亮一點。
職員	那麼請到這邊來看一下好嗎？還有幾個包包。
馬丁	啊！是這個。
職員	能找到真是太好了。請在這裡簽名。

본문 확인하기
確認課文

> 마틴 씨는 무엇을 잃어버렸어요?
> 馬丁先生遺失了什麼呢？
>
> 언제, 어디에서 잃어버렸어요?
> 何時，在哪裡遺失的呢？

어휘와 표현
詞彙和表達

[紛失物center] **분실물센터** pun.sil.mul.sen.tteo 失物招領中心	[色] **까만색** gga.man.saek 黑色	**놓다** no.tta 放置
[模樣] **모양** mo.yang 樣子	[色] **비슷하다** pi.seu.tta.da 相似	[色] **색** saek 顏色
밝다 pak.dda 明亮	[多幸] **다행이다** ta.haeng.i.da 幸好	[署名] **서명하다** seo.myeong.ha.da 簽名

요
yo
尊敬語尾

어휘 알기 - 형용사 認識詞彙－形容詞

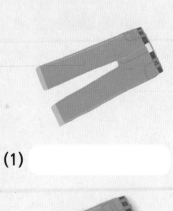

(1) _____

(2) _____

(3) _____

(4) _____

(5) _____

(6) _____

(7) _____

(8) _____

(9) _____

(10) _____

(11) _____

(12) _____

그림에 맞는 단어를 골라 쓰세요. 請選擇並寫下適合的單字

가늘다	같다	굵다	길다	넓다	다르다
ka.neul.da	kat.dda	kuk.dda	kil.da	neol.da	ta.leu.da
細	一樣	粗	長	寬	不一樣
두껍다	밝다	얇다	어둡다	좁다	짧다
tu.ggeop.dda	pak.dda	yal.da	eo.dup.dda	chop.dda	jjal.da
厚	明亮	薄	暗	窄	短

30 열린한국어

어휘 알기 - 색 認識詞彙－顔色

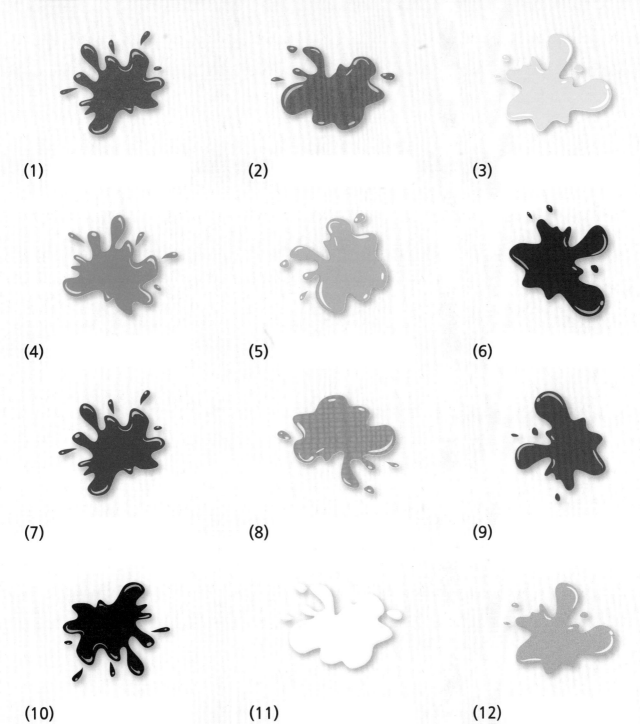

(1)

(2)

(3)

(4)

(5)

(6)

(7)

(8)

(9)

(10)

(11)

(12)

그림에 맞는 단어를 골라 쓰세요. 請選擇並寫下適合的單字

[色] 갈색 kal.saek 咖啡色	[色] 까만색/검은색 gga.man.saek/keo.meun.saek 黑色	[藍色] 남색 nam.saek 藍色	[色] 노란색 no.lan.saek 黃色	[綠色] 녹색 nok.ssaek 綠色	[色] 보라색 po.la.saek 紫色
[粉紅色] 분홍색 pu.nong.saek 粉紅色	[色] 빨간색 bbal.gan.saek 紅色	[朱黃色] 주황색 chu.hwang.saek 橘色	[色] 파란색 ppa.lan.saek 天藍色	[色] [色] 하얀색/흰색 ha.yan.saek/huin.saek 白色	[色] 회색 hoe.saek 灰色

문법 알기 認識文法

-는데 可是~

→動詞／形容詞／名詞 + 는데 / ㄴ,은데 / 인데

詞性	時態	句型
動詞	現在	-는데
	過去	-았/었는데 했는데
形容詞	現在	-(으)ㄴ데
	過去	-았/었는데 했는데
名詞	現在	인데
	過去	이었/였는데

김치찌개는 먹는데 김치는 못 먹어요. 吃泡菜鍋，可是不敢吃泡菜。

노래는 잘하는데 춤은 못 춰요. 很會唱歌，可是不會跳舞。

평일에는 사람이 적은데 주말에는 많아요. 平日人很少，可是週末人很多。

저는 키가 큰데 동생은 키가 작아요. 我個子高，可是弟弟很矮。

시간이 많았는데 숙제를 안 했어요. 時間很多，可是沒寫作業。

일요일인데 회사에 가요. 雖然是星期天，可是去公司。

< 説明 >

❶ - 는데 / ㄴ,은데 / 인데加在動詞／形容詞／名詞後，作為連接詞，表示「可是～」。

❷ 加在動詞後時，將原型的다去掉，無論末字有無尾音，表示現在式時一律接 - 는데。表示過去式時，則接 - 았 / 었 / 했는데。

❸ 加在形容詞後時，將原型的다去掉，表示現在式時，若末字有尾音，接 - 은데，若無尾音，接 - ㄴ데。表示過去式時，則接 - 았 / 었 / 했는데。

❹ 加在名詞＋이다（是）後面，表示現在式時，將이다（是）原型改為인데，表示過去式時，若名詞末字有尾音，接 - 이었는데，若無尾音，則接 - 였는데。

 문법 익히기 熟悉文法

1 <보기>와 같이 쓰세요. 請仿照＜範例＞寫寫看。

＜範例＞ 이 방 / 옆방 這間房／隔壁房

→ 이 방은 밝^[房]은데 옆방^[房]은 어두워요.

這間房間很亮，不過隔壁房間很暗。

(1)  제 연필^[鉛筆] / 친구^[親舊]의 연필^[鉛筆] 我的鉛筆／朋友的鉛筆

→ _____

我的鉛筆很短，不過朋友的鉛筆很長。

(2) 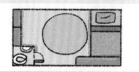 방^[房] / 화장실^[化妝室] 房間／化妝室

→ _____

房間很寬，不過化妝室很窄。

(3)  팔 / 다리 手臂／腳

→ _____

手臂很細，不過腳很粗。

(4)  책^[冊] / 사전^[辭典] 書／字典

→ _____

書很薄，不過字典很厚。

(5)  얼굴 / 성격^[性格] 臉／個性

→ _____

長相一樣，不過個性不一樣。

2 ⟨보기⟩와 같이 알맞은 것을 연결하고 쓰세요.
請仿照＜範例＞，連結適合的部分並寫成句子。

⟨範例⟩ 공부를 열심히 했다 •————————• 시험을 못 봤다
[工夫] [熱心] [試驗]

(1) 음식을 조금 먹다 •   • 술을 자주 마시다
[飲食] 吃得很少   經常喝酒

(2) 영화를 좋아하다 •   • 여행을 가지 않았다
[映畵] 喜歡電影   [旅行] 沒去旅行

(3) 날씨가 따뜻하다 •   • 살이 찌다
天氣溫暖   變胖

(4) 몸이 안 좋다 •   • 바빠서 자주 못 보다
身體不好   太忙不能常看

(5) 휴가였다 •   • 눈이 오다
[休假] 有休假   下雪

⟨範例⟩ 공부를 열심히 했는데 시험을 못 봤어요.
[工夫] [熱心] [試驗]
認真唸了書，可是考試考不好。

(1)

(2)

(3)

(4)

(5)

문법 알기 認識文法

形容詞	尾音	句型
	받침 (O)	-은
형용사	받침 (X)	-ㄴ
	있다/없다	-는

-은 很~的
eun
→形容詞 + ㄴ / 은

〈説明〉

[親舊]
그 친구는 짧은 치마를 자주 입어요 那個朋友經常穿短裙。

[韓國]　　　　　　　　　[濟州島]
한국에서 가장 큰 섬은 제주도예요. 韓國最大的島是濟州島。

[滋味]　　　[映畫]
재미있는 영화를 보고 싶어요. 想看有趣的電影。

-ㄴ / 은加在形容詞後，意思是「很～的」，修飾後面的名詞。將原型的다去掉，若末字有尾音，接 - 은，若無尾音，則接 - ㄴ。而있다（有）、없다（沒有）雖是形容詞，但屬例外，後面需接 - 는，成為있는（有～的）、없는（沒有～的），才能修飾名詞。因此例句中的재미있다（有趣）需改為재미있는（有趣的），以修飾영화（電影）。

 문법 익히기 熟悉文法

1 〈보기〉와 같이 쓰세요. 請仿照〈範例〉寫寫看。

〈範例〉
　　　　　　　[運動場]
넓다 / 운동장

　　　　　　　[運動場]
→ 넓은 운동장 寬闊的運動場

(1) 높다 / 건물 → _____ 高的建築物
[建物]

(2) 복잡하다 / 도시 → _____ 擁擠的都市
[複雜]　　　[都市]

(3) 춥다 / 겨울 → _____ 寒冷的冬天

(4) 멋있다 / 배우 → _____ 帥氣的演員
[俳優]

(5) 아프다 / 사람 → _____ 不舒服的人

(6) 길다 / 머리 → _____ 長的頭髮

2 <보기>와 같이 쓰세요. 請仿照＜範例＞寫寫看。

＜範例＞ **가:** 어느 것이 지수 씨 지갑^[紙匣]이에요?
哪一個是智秀小姐的皮夾？

나: 큰 거요. (크다)
大的。

(1)

가: 어느 것이 샤오진 씨 우산^[雨傘]이에요?
哪一個是小真小姐的雨傘？

나: (길다 長)
長的。

(2)

가: 어느 것이 제임스 씨 휴대전화^[攜帶電話]예요?
哪一個是詹姆士先生的手機？

나: (작다 小)
小的。

(3)

가: 어느 것이 마틴 씨 가방이에요?
哪一個是馬丁先生的包包？

나: (손잡이가 있다 有把手)
有把手的。

(4)

가: 어느 것이 에린 씨 구두예요?
哪一個是愛琳小姐的皮鞋？

나: (어둡다 暗)
深色的。

3 그림을 보고 ( )안의 단어를 알맞게 바꿔서 쓰세요.
請看完圖片之後，在（ ）內填入適當的單字。

한국어수업^[韓國語授業]이 끝나고 모두 저녁을 먹으러 식당^[食堂]에 왔어요. 신발을 벗고 우산^[雨傘]을 두고 방^[房]에 들어가서 밥을 먹어요. 왼쪽의 (작다) 구두는 유카 씨 거예요. 그 옆의 갈색^[色] 구두는 마틴 씨 거예요. 리본^[ribbon]이 (있다) 구두는 에린 씨 거고 (높다) 구두는 샤오진 씨 거예요. 까만색^[色] (길다) 우산^[雨傘]이 제임스 씨 것인데 (같다) 색 우산^[雨傘]이 여러 개^[個] 있어요.

韓語課結束之後，所有的人都來到餐廳吃晚餐。脫了鞋子，放好雨傘，進去房裡吃飯。左邊（小）鞋子是由夏小姐的。旁邊咖啡色鞋子是馬丁先生的。蝴蝶結（有）鞋子是愛琳小姐的，而（高跟）鞋子是小真小姐的。黑色（長）雨傘是詹姆士先生的，而（相同）顏色的雨傘有好幾支。

문법 알기 認識文法

〈說明〉

ㅎ다原型分規則和不規則，屬規則原型時，後接任何句型，皆不產生變化，但若屬不規則原型，則產生變化。

❶不規則原型ㅎ다，當原型的다去掉，後接子音ㄴ,ㄹ,ㅁ，則尾音ㅎ會脫落，例如그렇다（那樣）＋면（～的話）時，ㅎ脫落，成為그러면（那樣的話）。

❷不規則原型ㅎ다，當原型的다去掉，前字母音為ㅏ,ㅓ,後接아/어時，尾音ㅎ脫落，母音改為ㅐ。까맣다（黑）＋아요語尾時，맣母音為ㅏ，ㅎ脫落，成為까마＋아요，母音再改為ㅐ，成為까매요（很黑）。

❸不規則原型ㅎ다，當原型的다去掉，前字母音為ㅑ，後接아時，尾音ㅎ脫落，母音改為ㅐ。하얗다（白）＋아서（因為），얗的母音為ㅑ，ㅎ先脫落，成為하야＋아서，母音再改ㅐ，成為하얘서（因為很白）。

❹不規則原型ㅎ다，當原型的다去掉，加上母音時，ㅎ會脫落。因此노랗다（黃）加上－은，修飾우산（雨傘）時，노랗＋은，ㅎ脫落，成為노란 우산（黃色的雨傘）。빨갛다（紅）＋네요（～呢），因遇到子音ㄴ，ㅎ脫落，成為빨가네요（真紅呢）。

❺좋다（好）屬規則動詞，ㅎ不需脫落，母音也不會變化。

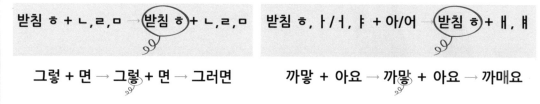

ㅎ **불규칙** ㅎ不規則變化

→原型ㅎ다動詞 的不規則變化

 노란 우산이 제 거예요. 黃色的雨傘是我的。

 눈이 와서 산이 하얘요. 下了雪，所以山一片雪白。

사과가 정말 빨가네요. 蘋果真的好紅呢。

받침 ㅎ + ㄴ,ㄹ,ㅁ → 받침 ㅎ + ㄴ,ㄹ,ㅁ	받침 ㅎ, ㅏ/ㅓ, ㅑ + 아/어 → 받침 ㅎ + ㅐ, ㅒ
그렇 + 면 → 그렇 + 면 → 그러면	까맣 + 아요 → 까맣 + 아요 → 까매요
파랗 + 네요 → 파랗 + 네요 → 파라네요	하얗 + 아서 → 하얗 + 아서 → 하얘서

 문법 익히기 熟悉文法

1 다음 표를 완성하세요. 請完成下表。

	-(으)니까 因為～	-(으)ㄴ 很～的	-네요 ～呢	-아요/어요 尊敬語尾	-고 而且
노랗다 黃	노라니까				노랗고
빨갛다 紅		빨간			
파랗다 藍			파라네요		
까맣다 黑				까매요	
하얗다 白					하얗고
그렇다 那樣		그런		그래요	
이렇다 這樣					
***좋다** 好	좋으니까		좋네요		

2 <보기>와 같이 쓰세요. 請仿照<範例>寫寫看。

<範例>

까만 구두를 샀어요. (까맣다 黑)

gga.man- ku.du.leul- sa.sseo.yo
買了黑色的皮鞋。

(1)

치마를 입을 거예요. (빨갛다 紅)

要穿紅色的裙子。

(2)

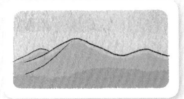

하늘이   (파랗다 藍)

天空很藍。

(3)

눈 위를 걷고 싶어요. (하얗다 白)

想踩在白色的雪地上。

(4)

[banana]
바나나는   고 길어요. (노랗다 黃)

香蕉又黃又長。

(5)

[男子親舊]   [約束 時間]
가: 제 남자친구는 약속 시간에 자주 늦어요.

我男友經常約會遲到。

나: 사람은 만나지 마세요. (그렇다 那樣)

那種人不要再見面了。

(6)

[正]
가: 오늘은 날씨가 정말   (좋다 好)

今天天氣真好。

[點心]   [公園]   [散策]
나: 점심을 먹고 공원에서 산책할까요?

吃完中餐，要不要在公園散步？

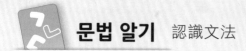

> **어떤**　　　怎樣的～
>
> →어떤 + 名詞

가: 어떤 ^[映畵]영화를 좋아해요?　　你喜歡怎樣的電影？

나: 저는 슬픈 ^[映畵]영화를 좋아해요.　　我喜歡悲傷的電影。

가: 어떤 곳에서 살고 싶어요?　　想住在怎樣的地方？

나: 조용하고 ^[空氣]공기가 좋은 곳에서 살고 싶어요.　　想住在安靜又空氣好的地方。

문법 익히기 熟悉文法

〈說明〉

어떤加在名詞前，表示「怎樣的～」疑問句，修飾名詞。回答時通常以「～類型、種類」的方向來回答。

1 〈보기〉와 같이 쓰세요.
請仿照＜範例＞寫寫看。

〈範例〉
가: 어떤 노래를 좋아해요?　　喜歡怎樣的歌曲？

나: 빠른 노래를 좋아해요.　　喜歡快歌。

(1) 가: 어떤 ^[飲食]음식을 좋아해요?　　喜歡怎樣的食物？

나:

(2) 가: ^[首爾]서울은 어떤 ^[都市]도시예요?　　首爾是怎樣的都市？

나:

(3) 가: 어떤 집에서 살고 싶어요?　　想住在什麼樣的房子？

나:

(4) 가: 어떤 사람하고 ^[結婚]결혼하고 싶어요?　　想和什麼樣的人結婚？

나:

문법 알기 認識文法

보다 (더) 比~（更加）

→ 名詞 + 보다 （더）

저는 커피[coffee]보다 녹차[綠茶]를 더 자주 마셔요.　比起咖啡，我更常喝綠茶。

동생[同生]이 저보다 밥을 많이 먹어요.　弟弟比我吃更多飯。

여름에는 낮이 밤보다 길어요.　夏天時，白天比夜晚長。

기차[氣車]보다 비행기[飛行機]가 더 빨라요.　比起火車，飛機更快。

〈説明〉

보다（더）加在名詞後，表示「比~（更）」之意，其中副詞더（更加）可省略。需注意韓語和中文語順相反，「比起咖啡」，韓語是「커피보다」，在「咖啡」後面加上「比起」。因此「比我」是「저보다」、「比夜晚」是「밤보다」、「比飛機」是「비행기보다」。

 문법 익히기 熟悉文法

1 〈보기〉와 같이 쓰세요. 請仿照＜範例＞寫寫看。

〈範例〉

1708m　1950m
설악산　한라산

한라산[漢拏山]이 설악산[雪嶽山]보다 더 높아요.

漢拏山比雪嶽山更高。

(1) 170cm　180cm
호민 浩民　제임스 詹姆士

詹姆士先生比浩民先生更高。

(2) 바나나[banana] 香蕉　수박 西瓜
500g　1kg

西瓜比香蕉更重。

(3) 비빔밥 拌飯　불고기 烤肉

拌飯比烤肉更喜歡。／好吃。

(4)  유카 由夏　샤오진 小真
80점　95점

小真小姐比由夏小姐更會唱歌。

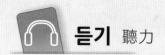 **듣기** 聽力

1 듣고 맞는 것을 연결하세요. 🎵 Track 05   請聽對話，連結正確的部分。

무엇을 잃어버렸어요? 遺失了什麼？	언제 잃어버렸어요? 何時遺失的？	어디에서 잃어버렸어요? 在哪裡遺失的？
(1) 지갑 皮夾 •	• 어젯밤 10시쯤 • 昨晚10點左右	• 택시 計程車
(2) 휴대전화 • 行動電話	• 목요일 저녁 • 星期四晚上	• 학생 식당 學生餐廳
(3) 우산 • 雨傘	• 지난주 토요일 • 上週六	• 버스 公車
(4) 가방 • 包包	• 오늘 점심 • 今天中午	• 지하철 地鐵

2 대화를 듣고 맞으면 ◯, 틀리면 ✕ 하세요. 🎵 Track 06
請聽對話，對的打O，錯的打X。

(1) 남자는 2일 전에 물건을 잃어버렸어요.　　　　　(　　)
　　　男生2天前遺失物品。

(2) 기차에서 현금과 신용카드를 잃어버렸어요.　　(　　)
　　　在火車上遺失現金和信用卡。

(3) 까만색 지갑을 잃어버렸어요.　　　　　　　　(　　)
　　　遺失了黑色的皮夾。

(4) 남자는 물건을 찾았어요.　　　　　　　　　　(　　)
　　　男生找到了失物。

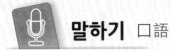

말하기 口語

1 **친구와 이야기하세요.** 和朋友一起說看看。

질문 問題	〈보기〉 <範例>	나 我	친구 朋友
(1) 무엇을 잃어버렸어요? 遺失了什麼？	까만색 가방 黑色包包		
(2) 언제 잃어버렸어요? 何時遺失的？	어젯밤 10시 반쯤 昨晚10點半左右		
(3) 어디에서 잃어버렸어요? 在哪裡遺失的？	250번 버스 250號公車		
(4) 그 물건을 찾았어요? 有找到那個東西嗎？	네 / 아니요 有 / 沒有		

2 **분실물센터에 갔습니다. 다음과 같이 대화해 보세요.**
去了失物招領中心。請仿照下文，練習對話看看。

가: 실례합니다. 분실물을 찾으러 왔어요.

나: 무엇을 잃어버리셨어요?

가: 까만색 가방 요.

나: 언제, 어디에서 잃어버렸어요?

가: 어젯밤 10시 반쯤 에 250번 버스 에 놓고 내렸어요.

甲：不好意思。我來找失物。　　　乙：什麼時候，在哪裡遺失的呢？
乙：請問遺失了什麼？　　　　　　甲：昨天晚上10點半左右，我放在250
甲：是黑色包包。　　　　　　　　　　　號公車上，忘了帶下車。

① 나: 잠시만 기다리세요. (잠시후) 여기 있습니다.

　가: 아, 정말 고맙습니다!

乙：請稍等一下。（不久後）
　　在這裡。
甲：啊，真的非常感謝！

② 나: 지금은 없는데 이틀 후쯤 다시 와 보시겠어요?

　가: 알겠습니다. 고맙습니다.

乙：現在沒有耶，可以兩天後
　　再過來一趟嗎？
甲：好的，謝謝。

읽고 쓰기 閱讀寫作

1 **읽고 질문에 답하세요.** 請閱讀並回答問題。

> [紙匣]
> <지갑을 찾습니다>
> [色] [長紙匣]
> · 빨간색 장 지갑
> [內容物] [信用 card] [外國人登陸證] [現金] [萬元]
> · 내용물: 신용카드와 외국인등록증, 현금 5만원
> [日時] [月] [日] [金曜日] [時]
> · 일시: 8월 20일 금요일 밤 11시쯤
> [場所] [釜山驛化妝室]
> · 장소: 부산역화장실
> [重要] [紙匣] [連絡]
> · 저에게 아주 중요한 지갑이니까 찾으면 꼭 연락해 주세요!
> [連絡處]
> · 연락처: 에린 010-1234-5678

<尋找皮夾>

· 紅色長型皮夾
· 內容物: 信用卡和外國人登陸證、現金5萬元
· 日期時間: 8月20日星期五晚上11點左右

· 場所: 釜山站化妝室
· 對我而言是非常重要的皮夾，如果找到的話，請務必和我連絡！

· 連絡方式: 愛琳 010-1234-5678

(1) 에린 씨는 무엇을 잃어버렸어요? 愛琳小姐遺失了什麼？

(2) 언제 지갑을 잃어버렸어요? 何時遺失皮夾的？

(3) 지갑 안에 무엇이 들었어요? 皮夾裡面裝了什麼？

2 **여러분은 무엇을 잃어버렸어요? 어떤 물건이었어요? 그 물건을 어떻게 찾았어요? 글을 써 보세요.**

各位有遺失過東西嗎？是怎樣的東西？有找回來嗎？請寫文章看看。

날개 달기 展翅高飛

1 주변의 물건들을 아래에 그리거나 이름을 쓰세요.
請在下列位置將身邊的物品描繪出來或寫出名字。

(1)

(2)

(3)

2 단어를 설명하고 질문하세요. 빨리 많이 맞히는 사람이 이겨요.
說明單字，並提出問題。最快猜對的人就是贏家。

친구 : 어떤 물건이에요?

나 : 공부할 때 필요한 거예요.

친구 : 까만색이에요?

나 : 아니요, 여러 가지 색이 있어요.

친구 : 큰 물건이에요?

나 : 공책보다 작은 거예요.

친구 : 전자사전!

나 : 전자사전보다 두꺼운 거예요.

친구 : 사전!

나 : 맞아요.

朋友：是怎樣的東西？
我：是唸書時需要的東西。
朋友：是黑色的嗎？
我：不，有很多種顏色。
朋友：是很大的東西嗎？

我：比筆記本小。
朋友：電子辭典！
我：比電子辭典更厚重。
朋友：字典！
我：答對了。

표현 넓히기 - 분실과 습득 拓展表達－遺失和撿拾

1 습득물: 다른 사람의 물건인데 내가 주웠어요.
撿拾物：是其他人的物品，但被我撿到了。

▌습득물 리스트 (撿拾清單)

| 습득 장소 (撿拾地點) | ☐ 버스 (公車) | ☐ 마을버스 (社區公車) | ☐ 법인택시 (法人計程車) | ☐ 개인택시 (個人計程車) |
| | ☐ 서울메트로 (首爾大都會) | ☐ 도시철도공사 (都市鐵路公社) | ☐ 코레일 (KORAIL) | ☐ 9호선 (9號線) |

| 습득물 (撿拾物) | ☐ 지갑 (皮夾) | ☐ 쇼핑백 (袋子) | ☐ 서류 봉투 (信封) | ☐ 가방 (包包) | ☐ 배낭 (背包) | ☐ 핸드폰 (手機) |
| | ☐ 옷 (衣服) | ☐ 책 (書) | ☐ 파일 (文件夾) | ☐ 기타 (其他) |

| 습득일 (撿拾日) | ◯ 당일 (當日) | ◯ 3일 (3天) | ◯ 일주일 (1週) | ◯ 1개월 (1個月) | 년 선택 ▽ (選擇年份) | 월 선택 ▽ (選擇月份) |

2 분실물: 내 물건인데 잃어버렸어요. 遺失物：是我的物品，但遺失了。

◯ 가나다순 (按字母順序)　　◯ 습득일순 (按撿拾順序)

번호 (號碼)	습득물사진 (撿拾物) (照片)	습득물명 (撿拾物名)	내용물 (內容物)	습득일 (撿拾日)	습득장소(보관장소) (撿拾場所) (保管場所)
1924		지갑 (皮夾)	현금 5만 원 (現金5萬元)	2011-09-11	열차안(당고개역) (列車上) (當山口站)
1923		서류봉투 (文件信封)	서류 (文件)	2011-09-11	서울버스(회사내 분실센터) (首爾公車) (公司內失物招領處)
1922		핸드폰 (手機)	핸드폰 (手機)	2011-09-10	삼성역 (三成站)
1921		가방 (包包)	책, 서류 (書、文件)	2011-09-10	의자위(홍대입구역) 椅子上 (弘大入口) 站

3 지하철에 물건을 놓고 내렸을 때 다음을 확인하세요.
當把物品忘在地鐵上下車時，請確認下列事項。

행: (으)로 가요.
(行) (開往～)

열차 번호
(列車號碼)

열차 시간
(列車時間)

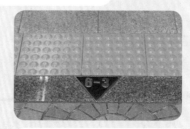

몇째 칸에서 내렸어요?
↓ (在第幾節車廂下車 ?)

첫째, 둘째, 셋째……
(第一節、第二節、第三節…)

문화 알기 認識文化

1 대중교통 통합 분실물센터 (大眾交通整合失物招領中心)

- 서울 (首爾) : http://www.seoul.go.kr
- 부산 (釜山) : http://www.busan.go.kr
- 대전 (大田) : http://traffic.daejeon.go.kr

2 다산콜센터 120 / 분실물(유실물)센터 전화번호
(首爾Dasan Call Center 120) ／失物招領中心電話號碼

 습득물 리스트
(撿拾物清單)

 01 분실 (遺失) >  02 방문 (造訪) >  03 검색 (查詢) >  04 확인 (確認)

버스/택시 유실물센터 (公車／計程車失物招領中心)

법인택시	(法人計程車)	02-420-6110 ~ 9
개인택시	(個人計程車)	02-415-9521
시내버스	(市區公車)	02-414-5005
마을버스	(社區公車)	02-3142-3002

지하철 유실물센터 (地鐵失物招領中心)

서울메트로	1, 2호선 시청역	02-6110-1122
	3, 4호선 충무로역	02-6110-3344
도시철도	5, 8호선 왕십리역	02-6311-6765, 6768
	6, 7호선 태릉입구역	02-6311-6766, 6767
코레일	한국철도공사	1544-7788

1. 首爾大都會 : 1, 2號線 市政府站 / 3, 4號線 忠武路站
2. 都市鐵路公社 : 5, 8號線 往十里站 / 6, 7號線 泰陵入口站
3. KORAIL : 韓國鐵道公社

- 유실물센터 이용 시간 (失物招領中心利用時間)

평일 (平日) 07:00~22:00

토·일요일이나 공휴일에는 역무실로 전화해 주세요. (六·日或公休日，請來電至服務處)

3과 교환과 환불
換貨・退費

學習目標 學習換貨或退費

文法重點

-는데요 説明情況　　　-어야 되다/하다 應該~

-어 보이다 需要幫忙~嗎？　-어 드릴까요? 看起來很~

學習準備

물건을 사고 나서 교환해 봤어요? 왜 교환했어요?
買完東西之後，有換貨的經驗嗎？為什麼換貨？

환불을 받으려면 무엇이 필요해요?
想要退費的話，需要什麼呢？

교환

환불

조금 높은 걸로 바꾸고 싶은데요
我想換鞋跟高一點的。

🎵 Track 07

직 원 어서 오세요. 무엇을 도와 드릴까요?
eo.seo- o.se.yo- mu.eo.seul- to.wa- teu.lil.gga.yo

샤오진 지난주에 이 구두를 샀는데 다른 걸로 바꾸고 싶어요.
chi.nan.ju.e- i-ku.du.leul- san.neun.de- ta.leun- geol.lo- pa.ggu.go- si.ppeo.yo

직 원 요즘 인기 있는 상품인데 마음에 안 드세요?
yo.jeum- in.gi- in.neun- sang.ppu.min.de- ma.eu.me- an- teu.se.yo

샤오진 굽이 낮아서 키가 작아 보여요.
ku.bi- na.ja.seo- kki.ga- cha.ga- po.yeo.yo

조금 높은 걸로 바꾸고 싶은데요.
cho.geum- no.ppeun- geol.lo- pa.ggu.go- si.ppeun.de.yo

직 원 이건 어떠세요? 굽이 높아서 다리가 날씬해 보이고 키도 커 보여요.
i.geon- eo.ddeo.se.yo- ku.bi-no.ppa.seo- ta.li.ga- nal.ssi.nae- bo.i.go- kki.do- kkeo- bo.yeo.yo

샤오진 예쁘지만 색이 마음에 안 들어요.
ye.bbeu.ji.man- sae.gi- ma.eu.me- an- teu.leo.yo

직 원 그럼 다른 디자인으로 보여 드릴까요?
keu.leom- ta.leun- ti.ja.i.neu.lo- bo.yeo- teu.lil.gga.yo

샤오진 아니요. 그냥 환불해 주시겠어요?
a.ni.yo- keu.nyang- hwan.bu.lae- chu.si.ge.sseo.yo

직 원 환불을 받으시려면 영수증이 있어야 돼요.
hwan.bu.leul- pa.deu.si.lyeo.myeon- yeong.su.jeung.i- i.sseo.ya-dwae.yo

샤오진 여기 있어요.
yeo.gi- i.sseo.yo

職員 歡迎光臨。請問您需要什麼呢？
小真 上禮拜我買了這雙鞋，但想換其他的。
職員 這是最近很受歡迎的商品，您不滿意嗎？
小真 鞋跟太低了，看起來很矮。我想換稍微高一點的。
職員 這雙呢？鞋跟高，腿看起來較細，也顯得修長。

小真 很漂亮，可是我不喜歡這顏色。
職員 要不要給您看其他款式呢？
小真 不用了。可以直接退費給我嗎？
職員 如果要退費，必須有收據。
小真 在這裡。

본문 확인하기
確認課文

샤오진 씨는 왜 구두를 바꾸고 싶어요? 小真小姐為什麼想換皮鞋？

환불을 받으려면 무엇이 있어야 돼요? 想要退費的話，必須有什麼呢？

어휘와 표현
詞彙和表達

[人氣] 인기 in.gi 人氣	[商品] 상품 sang.ppum 商品	굽 kup 鞋跟

무엇을 도와 드릴까요?
mu.eo.seul- to.wa- teu.lil.gga.yo
需要幫您什麼呢？

날씬하다 nal.ssi.na.da 苗條	[design] 디자인 ti.ja.in 設計	그냥 keu.nyang 直接

마음에 들다
me.eu.me- teul.da
滿意

[換弗] 환불하다 hwan.bu.la.da 退費	[領受證] 영수증 yeong.su.jeung 收據

어휘 알기 - 교환과 환불(1)

認識詞彙－換貨和退費（1）

[販賣]
판매하다 販賣
ppan.mae.ha.da

[購入]
구입하다 購入
ku.i.ppa.da

[決濟]
결제하다 結帳
kyeol.je.ha.da

[返品]
반품하다
pan.ppu.ma.da
退貨

[交換]
바꾸다/교환하다
pa.ggu.da / kyo.hwa.na.da
交換

[換弗]
환불하다
hwan.bu.la.da
進行退費

[換弗]
환불을 받다
hwan.bu.leul- pat.dda
接受退費

[after service]
애프터서비스를 받다
ae.ppeu.tteo.seo.bi.seu.leul- pat.dda
接受售後服務

어휘 알기 - 교환과 환불(2)
認識詞彙－交換和退費（2）

안 맞다
an- mat.dda
（尺寸）不合

안 어울리다
an- eo.ul.li.da
不適合

마음에 안 들다
ma.eu.me- an- teul.da
不滿意

[飲食] [傷]
(음식이) 상하다
(eum.si.gi) sang.ha.da
（食物） 壞掉

[菜蔬]
채소
chae.so
蔬菜

[生鮮]
생선
saeng.seon
魚

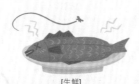

[牛乳]
우유
u.yu
牛奶

찢어지다
jji.jeo.ji.da
破裂

옷
ot
衣服

[冊]
책
chaek
書

우산
u.san
雨傘

깨지다
ggae.ji.da
打破

[琉璃 cup]
유리컵
yu.li.kkeop
玻璃杯

달걀
tal.gyal
雞蛋

수박
su.bak
西瓜

부러지다
pu.leo.ji.da
斷掉

[眼鏡]
안경테
an.gyeong.tte
眼鏡框

[椅子]
의자 다리
ui.ja- ta.li
椅腳

[台]
낚싯대
nak.ssit.ddae
釣竿

문법 알기 認識文法

-는데요 説明情況
→動詞／形容詞／名詞 ＋ - 는데요 / (으) ㄴ데요 / 인데요

가 : 이 옷 어때요 ? 這件衣服怎麼樣？

나 : 정말 어울리는데요. 真的很適合你。

가 : 휴가 때 서해안으로 여행을 갈까요 ? 休假時要不要去西海岸旅行？

나 : 저는 고향에 갈 건데요. 我要回故鄉。

詞 詞性	時態	句型
動詞	現在	-는데요
	過去	-았/었는데요 했는데요
	未來	-(으)ㄹ 건데요
形容詞	現在	-(으)ㄴ데요
	過去	-았/었는데요 했는데요
名詞	現在	인데요
	過去	이었/였는데요

〈説明〉

❶加在動詞原型後，表示現在式：將原型다去掉，接 - 는데요。表示過去式：看末字的母音，選擇加上 - 았 / 었 / 했는데요。表示未來式時：若다前的字有尾音，接 - 을 건데요，無尾音，則接 - ㄹ 건데요。

❷若加在形容詞原型後面，表示現在式時，將原型다去掉，若末字有尾音，接 - 은데요，若無尾音，則接 - ㄴ데요。表示過去式時：看末字的母音，選擇加上 - 았 / 었 / 했는데요。

❸若加在名詞 ＋ 이다（是）後，表示現在式：將原型이다改為 - 인데요。表示過去式：若名詞末字有尾音，接 - 이었는데요，無尾音，則接 - 였는데요。

 문법 익히기 熟悉文法

1 〈보기〉와 같이 쓰세요.
請仿照＜範例＞寫寫看。

〈範例〉

가 : 옷이 너무 **큰데요.** (크다) 衣服太大了。

나 : 작은 치수로 드릴게요. 我給您小的尺寸。 [數]

(1)

가 : 눈이 ＿＿＿＿＿＿＿ (오다 來)
下雪了。

나 : 밖에 나갈까요?
要不要出去外面？

(2)

가 : 이 아이는 ＿＿＿＿＿＿ (초등학생이다 是小學生) [初等學生]
這孩子是小學生。

나 : 그럼 반값만 내세요. [半]
那麼只要付半價。

(3)

가 : 저는 조금 전에 점심을 ＿＿＿＿＿＿ (먹다 吃) [前] [點心]
我不久前吃了午餐。

나 : 그래요? 그럼 나중에 드세요.
是嗎？那麼晚點再吃。

2 **<보기>와 같이 쓰세요.** 請仿照<範例>寫寫看。

<範例>

가: 어른은 입장료[入場料]가 12,000원[元]이에요. 成人的入場費用是12,000元。

나: 저는 학생[學生]인데요. (학생이다 是學生) 我是學生。

(1) 가: 여보세요? 마이클 씨가 집에 있어요? 喂？麥可先生在家嗎？

나: 아니요, 집에   (없다 不在) 不，不在家。

(2) 가: 공원[公園]에 운동[運動]하러 갈래요? 要不要去公園運動？

나: 지금 밖에 비가   (오다 來) 現在外面下雨。

(3) 가: 같이 점심[點心]을 먹으러 갈래요? 要不要一起去吃中餐？

나: 아직 일이 안   (끝나다 結束) 工作還沒有做完。

(4) 가: 피터 씨, 어제 제 쪽지를 받았어요? 彼得先生，昨天有收到我的便條紙[紙]嗎？

나: 아니요, 못   (받다 收) 沒有，沒有收到。

(5) 가: 이거 누구의 책[冊]이에요? 這是誰的書？

나: 그거 제   (책이다 是書) 那是我的書。

(6) 가: 여러분, 오늘 수업[授業]은 여기까지입니다. 各位，今天課上到這裡。

나: 선생님[先生], 질문[質問]이   (있다 有) 老師，我有疑問。

(7) 가: 오늘은 회사[會社]에 안 가요? 今天不去公司嗎？

나: 오늘은 조금 늦게   (가다 去) 今天會稍微晚一點去。

문법 알기　認識文法

詞性	母音	句型
動詞	ㅏ,ㅗ (O)	-아야 되다/하다
形容詞	ㅏ,ㅗ (X)	-어야 되다/하다
	하다	해야 되다/하다

-어야 되다/하다 必須～、得要～才行

→動詞／形容詞 ＋ - 아, 어, 해야 되다 / 하다

[會社] [時]
회사에 9시까지 가야 돼요. 必須9點前到公司。

한국에서는 집에 들어갈 때 신발을 벗어야 돼요.
在韓國，進入屋子之前，必須脫鞋子。

내일 시험이 있어서 공부를 해야 해요.
明天因為有考試，得唸書才行。

눈이 오려면 오늘보다 더 추워야 해요.
要下雪的話，得要比今天更冷才行。

〈說明〉

- 아, 어, 해야되다 / 하다加在動詞／形容詞後，表示義務或條件，意思是「必須～、得要～才行」。以되다（可以）或하다（做）作結皆可，其中되다比하다口語化。將動詞或形容詞原型的다去掉，若末字母音為ㅏ,ㅗ，加上 - 아야 되다 / 하다，若母音非ㅏ, ㅗ, 則加上 - 어야 되다 / 하다，如屬하다原型，則將하다改為 -해야 되다 / 하다。

문법 익히기　熟悉文法

1 〈보기〉와 같이 쓰세요. 請仿照＜範例＞寫寫看。

〈範例〉

[model]
모델이 되려면 키가 커야 돼요. (크다 高)

想當模特兒的話，個子要高才行。

(1)

[圖書館]
도서관에서는 조용히 ＿＿＿＿＿＿ (하다 做)
在圖書館要保持安靜才行。

(2)

[劇場] [攜帶電話]
극장에서는 휴대전화를 ＿＿＿＿＿＿ (끄다 關)
在電影院裡要關手機才行。

(3)

[運轉] [運轉免許證]
운전을 하려면 운전면허증이 ＿＿＿＿＿＿ (있다 有)
想開車的話，得有駕照才行。

(4)

[美國] [飛行機]
미국에 가려면 비행기를 ＿＿＿＿＿＿ (타다 搭)
想去美國的話，得搭飛機才行。

2 〈보기〉와 같이 쓰세요.

〈範例〉

가: 수업[授業]을 듣고 싶어요. 我想聽課。

나: 수업을 듣고 싶으면 7시까지 와야 돼요. (7시까지 오다)

想聽課的話，得7點前來才行。　　　　　　　　　　7點前來

(1) 가: 여기에서 한국어교실[韓國語教室]에 걸어서 갈 수 있어요? 從這裡可以走路到韓語教室嗎？

나: 아니요. 여기에서 가려면 　　　　　　　　(지하철을 타다 搭地鐵[地下鐵])

不，想從這裡去的話，必須搭地鐵才行。

(2) 가: 이 약[藥]은 언제 먹어요? 這個藥什麼時候吃？

나: 이 약[藥]은 밥을 먹고 　　　　　　　　(30분후에 먹다 30分之後吃[分後])

這個藥要飯後30分鐘吃才行。

(3) 가: 한국회사[韓國會社]에서 일을 하고 싶어요. 我想在韓國公司上班。

나: 그러면 　　　　　　　　(한국어를 잘하다 韓語很好[韓國語])

那麼韓語要好才行。

(4) 가: 옷이 커서 환불[換弗]을 받고 싶어요. 衣服太大了，我想退費。

나: 환불[換弗]을 받으려면 　　　　　　　　(영수증이 있다 有收據[領受證])

想退費的話，得有收據才行。

(5) 가: 오늘 저녁에 영화[映畫]를 볼 수 있어요? 今晚可以看電影嗎？

나: 아니요. 일이 많아서 11시[時]까지 　　　　　　　　(일하다 工作)

不，工作很多，得做到11點才行。

(6) 가: 감기[感氣]에 걸렸어요. 我感冒了。

나: 빨리 나으려면 　　　　　　　　(병원에 가다 去醫院[病院])

想趕快好的話，得去醫院才行。

(7) 가: 책[冊]을 빌리고 싶어요. 我想借書。

나: 책[冊]을 빌리려면 　　　　　　　　(학생증이 있다 有學生證[學生證])

想借書的話，得有學生證才行。

문법 알기 認識文法

形容詞	母音	句型
형용사	ㅏ,ㅗ (O)	-아 보이다
	ㅏ,ㅗ (X)	-어 보이다
	하다	해 보이다

> **-어 보이다** 看起來很~
> →形容詞 + -아 / 어 / 해 보이다

〈說明〉

보이다原本是「看起來、顯得」的動詞,加在形容詞後面,成為-아 / 어 / 해 보이다句型時,意思是「看起來很~」。將形容詞（형용사）原型的다去掉,若末字的母音為ㅏ,ㅗ,加上-아 보이다,只要母音非ㅏ,ㅗ,加上-어 보이다,若屬於하다原型,則將하다改為-해 보이다。

가 : 몸이 안 좋아요? 아파 보여요. 身體不好嗎？看起來很不舒服。
나 : 네, 감기^[感氣]에 걸렸어요. 是的，我感冒了。

가 : 무슨 일이 있으세요? 피곤^[疲困]해 보이세요. 有什麼事嗎？看起來很累。
나 : 일이 많아서 잠을 못 갔어요. 事情太多，沒睡好。

 문법 익히기 熟悉文法

1 〈보기〉와 같이 쓰세요. 請仿照〈範例〉寫寫看。

〈範例〉

친구^[親舊]가 예뻐 보여요. (예쁘다 美)

朋友看起來很美。

(1)

남자아이^[男子]가 _____ (기분이 좋다^[氣分] 心情好)

小男孩看起來心情很好。

(2)

게임^[game]이 _____ (재미있다^[滋味] 有趣)

遊戲看起來很有趣。

(3)

상자^[箱子]가 _____ (무겁다 重)

箱子看起來很重。

(4)

두 사람이 _____ (행복하다^[幸福] 幸福)

兩人看起來很幸福。

2 **〈보기〉와 같이 쓰세요.** 請仿照〈範例〉寫寫看。

〈範例〉

가: 요즘 한국어[韓國語]를 배워요. 我最近在學韓語。

나: 이 책[冊]이 한국어책[韓國語冊]이에요? 재미있어 보여요. (재미있다 有趣[滋味])
這本書是韓語書嗎？看起來很有趣。

(1) 가: 옷을 샀어요. 어때요? 我買了衣服。怎麼樣？

나: 예뻐요. 하지만 조금 _____ (크다 大) 漂亮。可是看起來有一點大。

(2) 가: 할아버지께서 굉장히[宏壯] _____ (건강하다 健康) 爺爺看起來相當健康。

나: 할아버지께서는 연세[年歲]가 많으시지만 매일[每日] 등산[登山]을 하세요. 爺爺雖然年紀大，但每天爬山。

(3) 가: 이 음식[飲食]을 한번 드셔 보실래요? 要不要嚐嚐看這個食物？

나: 이걸 직접[直接] 만들었어요? 정말[正] _____ (맛있다 好吃)
這是你親手做的？看起來真好吃。

(4) 가: 마이클 씨에게 무슨 일이 있어요? _____ (슬프다 難過)
麥可先生發生什麼事了？看起來很難過。

나: 어제 마이클 씨의 할머니께서 돌아가셨어요. 昨天麥可先生的奶奶過世了。

(5) 가: 저 아래를 보세요. 사람들이 _____ (작다 小)
看那下面。人們看起來好小。

나: 높은 곳에서 보니까 정말[正] 그러네요. 從高處往下看，還真是如此呢。

(6) 가: 저희 어머니 사진[寫真]이에요. 這是我媽媽的照片。

나: 어머니께서 정말[正] _____ (젊다 年輕) 媽媽看起來真年輕。

(7) 가: 요가[yoga]가 _____ (어렵다 困難) 瑜珈看起來很難。

나: 어렵지 않아요. 재미있으니까[滋味] 한번 배워 보세요. 不難。很有趣，請學看看。

-어 드릴까요? 需要我幫（為）您～嗎？
→動詞 ＋ ‑아 / 어 / 해 드릴까요？

動詞	母音	句型
동사	ㅏ,ㅗ (O)	‑아 드릴까요?
	ㅏ,ㅗ (X)	‑어 드릴까요?
	하다	해 드릴까요?

가 : [ball pen] 볼펜이 없으면 제 것을 빌려 드릴까요？
　　如果沒有原子筆，需要我借給你嗎？

나 : 네, 고맙습니다. 好的，謝謝。

가 : [hamburger] 햄버거를 [包裝] 포장해 드릴까요？ 需要為您打包漢堡嗎？

나 : 네, [包裝] 포장해 주세요. 好的，請幫我打包。

〈説明〉

드릴까요？是將動詞드리다（獻給），加上語尾 ‑을까요？（好嗎？），表示「我給您好嗎？」，加在動詞後，成為 ‑아 / 어 / 해드릴까요？句型時，便表示「需要我幫（為）您～嗎？」，是非常禮貌的詢問句。將動詞原型的다去掉，若末字母音為ㅏ,ㅗ，接 ‑아드릴까요？，母音非ㅏ,ㅗ，接 ‑어드릴까요？，若屬하다原型，則將하다改為 ‑해드릴까요？。注意回答時，需使用 ‑아 / 어 / 해 주세요.「請幫（為）我做～」。

 문법 익히기 熟悉文法

1 〈보기〉와 같이 쓰세요. 請仿照〈範例〉寫寫看。

〈範例〉

[aircon]
에어컨을 켜 드릴까요? (켜다 開)

需要幫您開冷氣嗎？

(1)

제가 책을 ＿＿＿＿＿＿＿＿ [冊] (찾다 找) 需要幫你找書嗎？

(2)

제가 길을 ＿＿＿＿＿＿＿＿ (가르치다 教) 需要教你怎麼走嗎？

(3)

[先生] 선생님께서 지금 안 계신데

[memo] 메모를 ＿＿＿＿＿＿＿＿ (남기다 留) 老師現在不在，需要為你留言嗎？

(4)

힘들어 보여요.

[冊] 책을 ＿＿＿＿＿＿＿＿ (들다 提) 你看起來很累。需要幫你拿書嗎？

2 **〈보기〉와 같이 쓰세요.** 請仿照＜範例＞寫寫看。

〈範例〉
가: 무엇을 <u>도와 드릴까요?</u> **請問**有什麼需要幫忙的？

나: 길을 잃어버렸는데 좀 도와주세요. 我迷路了，請幫幫我。

(1) **가:** 잘 모르면 다시 ＿＿＿＿＿＿＿＿ 不太懂的話，需要我再說明一次嗎？

　　나: 네, 다시 설명^[説明]해 주세요. 好，請再說明一次。

(2) **가:** 다시 ＿＿＿＿＿＿＿＿ 需要我再讀給你聽嗎？

　　나: 네, 한 번 더 읽어 주세요. 好，請再讀一次給我聽。

(3) **가:** 문^[門]을 ＿＿＿＿＿＿＿＿ 需要幫你開門嗎？

　　나: 네, 문^[門]을 열어 주세요. 好的，請幫我開門。

(4) **가:** 여름이니까 머리를 짧게 ＿＿＿＿＿＿＿＿ 夏天了，需要幫你剪短髮嗎？

　　나: 네, 짧게 잘라 주세요. 好，請幫我剪短。

(5) **가:** 이 신발은 큰 사이즈^[size]가 없는데 ＿＿＿＿＿＿＿＿
鞋子沒有更大的尺寸了，需要幫你退費嗎？

　　나: 네, 환불^[換弗]해 주세요. 好，請幫我退費。

(6) **가:** 이 옷을 다른 색^[色]으로 바꾸고 싶은데요. 這件衣服我想換其他顏色。

　　나: 어떤 색^[色]으로 ＿＿＿＿＿＿＿＿ 請問要為您換哪種顏色？

(7) **가:** 비가 오는데 우산^[雨傘]을 안 가져왔어요. 下雨了，但我沒帶雨傘來。

　　나: 저에게 우산^[雨傘]이 두 개^[個] 있어요. 하나를 ＿＿＿＿＿＿＿＿
我這邊有兩支傘。需要借你一支嗎？

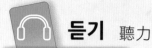

1 듣고 질문에 답하세요. 請聽完並回答問題。 🎵 Track 08

(1) 무슨 문제가 있어요?
有什麼問題？

① 바지가 커요.
  褲子太大。

② 치마가 찢어졌어요.
  裙子破了。

③ 바지가 안 맞아요.
  褲子尺寸不合。

④ 치마 색깔이 마음에 안 들어요.
  裙子顏色不滿意。

(2) 여자는 직원에게 무엇을 부탁했어요?
女生向職員拜託些什麼？

① _____ : 환불 / 교환
                 退費／換貨

② _____ : 환불 / 교환
                 退費／換貨

2 대화를 듣고 맞으면 ◯, 틀리면 ✕ 하세요. 🎵 Track 09
請聽對話，對的打O，錯的打X。

(1) 손님이 달걀을 깼어요.   (   )

  客人打破雞蛋。

(2) 손님이 깨서 교환이 안 돼요.   (   )

  因為是客人打破的，所以不能換貨。

(3) 전화로 달걀을 주문했어요.   (   )

  是透過電話訂購雞蛋。

(4) 손님은 환불을 받기로 했어요.   (   )

  客人決定要退費。

말하기 口語

<보기>와 같이 친구와 이야기하세요. 請仿照<範例>和朋友説看看。

가: 어서 오세요. 무엇을 도와 드릴까요?

나: 아침에 우유를 샀는데요. 우유가 상했어요.

가: 그래요? 죄송합니다. 어떻게 해 드릴까요?

나: 환불해 주세요.

가: 네, 결제는 어떻게 하셨어요?

나: 현금으로 했는데요.

가: 네, 환불해 드릴게요.

甲：歡迎光臨。請問需要什麼？
乙：我早上買了牛奶，可是牛奶壞掉了。
甲：是嗎？非常抱歉。請問能為您怎麼處理？
乙：請幫我退費。

甲：好的，請問是用什麼方式結帳的呢？
乙：我是付現金。
甲：好的，我會幫您退費。

<範例>

언제: 아침
何時：早上
무엇: 우유
何物：牛奶
상태: 상하다
狀態：壞掉
요구: 환불
要求：退費
결제: 현금
結帳：現金

(1) 언제: 어제
何時：昨天
무엇: 유리컵
何物：玻璃杯
상태: 깨지다
狀態：破裂
요구: 환불
要求：退費
결제: 현금
結帳：現金

(2) 언제: 한 시간 전
何時：1小時前
무엇: 낚싯대
何物：釣魚桿
상태: 부러지다
狀態：斷裂
요구: 환불
要求：退費
결제: 신용카드
結帳：信用卡

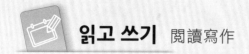

1 **다음 글을 읽고 질문에 답하세요.** 請閱讀下文並回答問題。

> 저는 인터넷쇼핑을[internet shopping] 자주 해요. 시장[市場]이나 백화점[百貨店]보다 싸게 살 수 있어서
>
> 좋아요. 배송[配送]도 빨라서 이틀 후[後]에 받을 수 있어요. 한번은 인터넷[internet]으로 가방을
>
> 샀어요. 하지만 마음에 들지 않았어요. 인터넷으로 볼 때는 예뻤는데 저에게는
>
> 어울리지 않아서 반품[返品]했어요. 인터넷 쇼핑[internet shopping]을 할 때는 물건[物件]을 잘 고르면 싸게 살
>
> 수 있어요. 하지만 사진[寫真]하고 다를 수도 있고 옷은 입어 볼 수 없으니까 잘 보고
>
> 사야 돼요.

我經常網路購物。因為可以買得比市場或百貨公司更便宜，所以喜歡。而且配送也很快，兩天之後就能收到。有一次我從網路上買了包包。可是不喜歡。在網路上看的時候很漂亮，但並不適合我，所以我退貨了。網路購物的時候，如果仔細挑選物品，可以買得很便宜。可是有可能和照片不同，加上衣服不能試穿，所以必須仔細挑選再買。

(1) 이 사람은 인터넷 쇼핑을 왜 좋아해요?

這個人為什麼喜歡網路購物？

(2) 가방을 왜 반품했어요?

為什麼把包包退貨？

(3) 인터넷 쇼핑을 할 때는 왜 조심해야 돼요?

網路購物時，為什麼需要小心？

2 **물건을 사고 나서 교환이나 환불을 받아 봤어요?**
여러분의 이야기를 써 보세요.

買完東西之後，曾經換貨或退貨嗎？ 請寫下自己的故事。

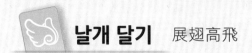

날개 달기   展翅高飛

인터넷 쇼핑을 해 봤어요? 무엇이 잘못됐어요? 친구와 이야기하세요.

曾經網路購物嗎？哪裡出錯了？請和朋友說看看。

	무엇을 샀어요? 買了什麼？	어땠어요? 怎麼樣？	환불 退費	교환 換貨
(1)		치수가 크다 尺寸太大		O
(2)		색이 안 어울리다 顏色不合	O	
(3)		디자인이 마음에 안 들다 款式不喜歡		
(4)				
(5)				

왜 환불을 받았어요? 왜 교환을 했어요?
為什麼退費？為什麼換貨？

(1) 인터넷에서 티셔츠를 샀는데 치수가 커서 교환했어요.

　　在網路上買了T恤，但尺寸太大，所以換貨。

(2) 인터넷에서 립스틱을 샀는데 색이 안 어울려서 환불을 받았어요.

　　在網路上買了唇膏，但顏色不合，所以退費。

(3)

(4)

(5)

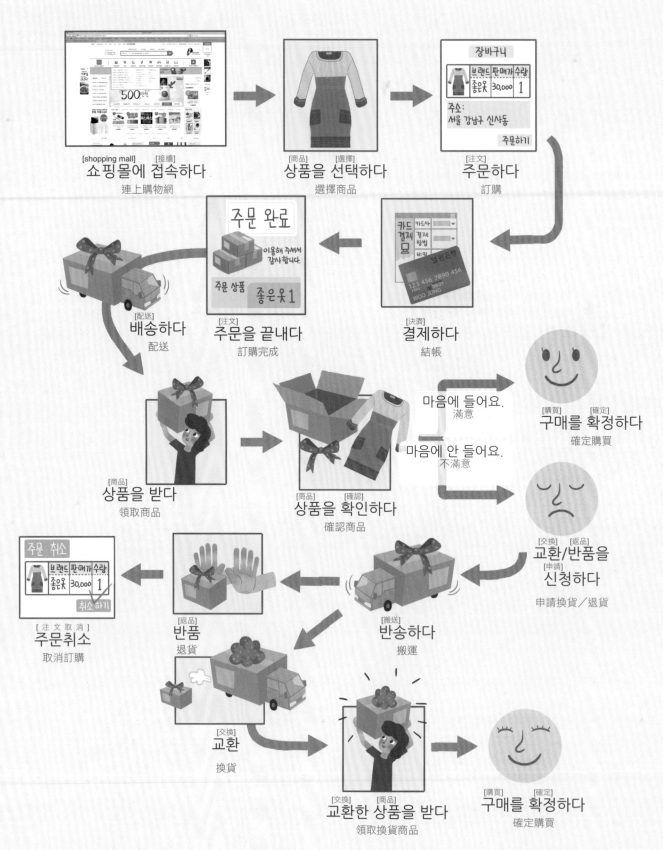

[shopping mall] [接續]
쇼핑몰에 접속하다
連上購物網

[商品] [選擇]
상품을 선택하다
選擇商品

[注文]
주문하다
訂購

[配送]
배송하다
配送

[注文]
주문을 끝내다
訂購完成

[決濟]
결제하다
結帳

[商品]
상품을 받다
領取商品

[商品] [確認]
상품을 확인하다
確認商品

마음에 들어요.
滿意

마음에 안 들어요.
不滿意

[購買] [確定]
구매를 확정하다
確定購買

[交換] [返品]
교환/반품을
[申請]
신청하다
申請換貨／退貨

[注文取消]
주문취소
取消訂購

[返品]
반품
退貨

[搬送]
반송하다
搬運

[交換]
교환
換貨

[交換] [商品]
교환한 상품을 받다
領取換貨商品

[購買] [確定]
구매를 확정하다
確定購買

문화 알기 認識文化

[當日配送]
당일 배송

一日配

오전에 주문하면 그날 오후에 받을 수 있어요.

上午訂購的話，當天下午可以收到。

[quick service]
퀵서비스

快捷服務

차, 오토바이, 기차와 같은 교통수단을 이용해서
물건을 빨리 보내고 받을 수 있어요.

利用汽車、摩托車、火車等交通工具，快速寄收物品。

[地下鐵宅配]
지하철 택배

地鐵宅配

서류나 옷처럼 작고 가벼운 물건을 지하철을 타고
다니면서 배달해 줘요.

文件或衣服之類的小而輕的物品，利用搭乘地鐵來送貨。

[便宜店宅配]
편의점 택배

超商宅配

편의점에서 물건을 보내거나 받을 수 있어요.

利用超商寄送和領取物品。

4과 날씨와 계절
天氣 · 季節

 學習目標 學習敍述天氣和季節變化

文法重點

같이/처럼	-어야겠어요	-어지다
像～一樣	應該要～了	變得～
-기 전에	-을까요?	(아마) -을 거예요
～之前	會～嗎？	（可能）會～

學習準備

한국의 날씨가 어때요?
韓國的天氣怎麼樣？

한국의 날씨는 여러분 나라의 날씨와 어떻게 달라요?
韓國的天氣和各位國家的天氣有何不同？

날씨가 점점 더워지고 비도 많이 올 거예요
天氣會漸漸變熱，也會開始下很多雨

🎵 Track 10

제임스 오늘 날씨가 정말 덥네요. 여름 같아요.
o.neul- nal.ssi.ga- cheong.mal- teom.ne.yo- yeo.leum- ka.tta.yo

지 수 그렇죠? 오늘은 28도예요.
keu.leo.chyo- o.neu.leun- i.sip.ppal.do.ye.yo

제임스 아직 5월인데 벌써 7, 8월처럼 더워요. 내일도 더울까요?
a.jik- o.wo.lin.de- peol.sseo- chil.ppa.lwol.cheo.leom- teo.wo.yo- nae.il.do

지 수 앞으로 날씨가 점점 더워지고 비도 많이 올 거예요.
a.ppeu.lo- nal.ssi.ga- chom.jeom- teo.wo.ji.go- pi.do- ma.ni- ol- geo.ye.yo

제임스 한국은 언제 비가 많이 와요?
han.gu.geun- eon.je- pi.ga- ma.ni- wa.yo

지 수 6월 말쯤 장마가 시작되면 많이 와요.
yu.wol- mal.jjeum- chang.ma.ga- si.jak.ddoe.myeon- ma.ni- wa.y

제임스 그럼 언제까지 더워요?
keu.leom- eon.je.gga.ji- teo.wo.yo

지 수 보통 추석 전까지 더워요.
po.ttong- chu.seok- jeon.gga.ji- teo.wo.yo

제임스 더 더워지기 전에 에어컨을 사야겠어요.
teo- teo.wo.ji.gi- jeo.ne- e.eo.kkeo.neul- sa.ya.ge.sseo.yo

詹姆士 今天天氣真熱呢。好像夏天。	詹姆士 韓國什麼時候會經常下雨呢？
智秀 對吧？今天是28度。	智秀 6月底左右雨季開始的話，就會經常下。
詹姆士 不過是5月份，已經像7,8月一樣熱了。 明天也會很熱嗎？	詹姆士 那會熱到什麼時候？
	智秀 通常會熱到中秋節為止。
智秀 以後天氣會漸漸變熱，也會開始下很多雨。	詹姆士 在變得更熱之前，得買冷氣才行。

본문 확인하기
確認課文

한국은 언제 비가 많이 와요? 韓國何時會經常下雨？

언제까지 더워요? 會熱到什麼時候？

어휘와 표현
詞彙和表達

벌써	앞으로	[漸漸] 점점		같아요
peol.sseo	a.ppeu.lo	cheom.jeom		ka.tta.yo
已經	以後	漸漸		像～
[末] 말	장마	[秋夕] 추석		[前] 전
mal	chang.ma	chu.seok		cheon
底	雨季	中秋節		～之前

어휘 알기 - 날씨 認識詞彙－天氣

(1) _____

(2) _____

(3) _____

(4) _____

(5) _____

(6) _____

(7) _____

(8) _____

(9) _____

(10) _____

그림에 맞는 단어를 골라 쓰세요. 請選擇並寫下適合的單字。

구름이 많다	눈이 오다/내리다	덥다	따뜻하다	맑다
ku.leu.mi- man.tta	nu.ni- o.da/nae.li.da	teop.dda	dda.ddeu.tta.da	mak.dda
多雲	下雪	熱	溫暖	晴朗
바람이 불다	비가 오다/내리다	시원하다	춥다	흐리다
pa.la.mi- bul.da	pi.ga- o.da/nae.li.da	si.wo.na.da	chup.dda	heu.li.da
颱風	下雨	涼爽	冷	陰

어휘 알기 - 계절 認識詞彙－季節

봄
pom
春

꽃이 피다/지다
花開／花謝

[使作]
꽃샘추위가 시작되다/끝나다
春寒開始／結束

꽃구경을 가다
去賞花

여름
yeo.leum
夏

[始作]
장마가 시작되다/끝나다
雨季開始／結束

소나기가 내리다
下陣雨

[颱風]
태풍이 오다
有颱風

[天動]
천둥이/번개가 치다
打雷／閃電

물놀이를 하다
玩水

가을
ka.eul
秋

[丹楓]
단풍이 들다
楓葉轉紅

[丹楓]
단풍 구경을 가다
去賞楓葉

[落葉]
낙엽이 떨어지다
落葉掉落

겨울
kyeo.ul
冬

눈이 쌓이다
積雪

얼음이 얼다
結冰

눈싸움을 하다
打雪仗

눈사람을 만들다
堆雪人

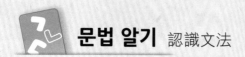 **문법 알기** 認識文法

같이/처럼 像～一樣

→名詞 + 같이 / 처럼

⟨說明⟩

같이和처럼是助詞，加在名詞後面，意思是「像～一樣」。使用時，같이和처럼選擇任何一個都可以，意思完全相同。

⟨例句⟩

[人形] 인형같이 예뻐요. (=[人形] 인형처럼 예뻐요.) 像娃娃一樣漂亮。

[歌手] 가수같이 노래를 잘 불러요. (=[歌手] 가수처럼 노래를 잘 불러요.)
像歌手一樣會唱歌。

[韓國] 한국 사람같이 [韓國] 한국말을 잘해요. (=[韓國] 한국 사람처럼 [韓國] 한국말을 잘해요.)
像韓國人一樣韓文說得很好。

 문법 익히기 熟悉文法

1 ⟨보기⟩와 같이 쓰세요. 請仿照 ⟨範例⟩ 寫寫看。

⟨範例⟩

[同生] 제 동생은 잘생겼어요. 제 [同生] 동생은 [映畫俳優] 영화배우 같아요.
我弟弟長得很帥。我弟弟像電影演員。

→ 제 [同生] 동생은 [映畫俳優] 영화배우같이 잘생겼어요. / [映畫俳優] 영화배우처럼 잘생겼어요.
我弟弟長得像電影演員一樣帥。

(1) 마틴 씨는 정말 재미있어요. 코미디언 같아요. 馬丁先生真有趣。像喜劇演員。

→ _____ 馬丁先生像喜劇演員一樣有趣。

(2) 우리 사장님은 무서우세요. 호랑이 같아요. 我們老闆很可怕。像老虎一樣。

→ _____ 我們老闆像老虎一樣可怕。

(3) 그 남자는 키가 크고 멋있어요. 모델 같아요. 那男生又高又帥。像模特兒。

→ _____ 那男生像模特兒一樣又高又帥。

(4) 4월인데 아직 추워요. 겨울 같아요. 4月了，還是很冷。像冬天一樣。

→ _____ 4月了，還是像冬天一樣冷。

(5) 가을이지만 낮에는 더워요. 여름 같아요. 雖然是秋天，但白天很熱。像夏天。

→ _____ 雖然是秋天，但白天像夏天一樣熱。

문법 알기 認識文法

-어야겠어요 應該要~
→動詞 + -아 / 어 / 해야겠어요

動詞	母音	句型
동사	ㅏ, ㅗ (O)	-아야겠어요
	ㅏ, ㅗ (X)	-어야겠어요
	하다	해야겠어요

날씨가 너무 다워요. 에어컨을 사야겠어요. [aircon] 天氣太熱了。應該要買冷氣了。

며칠 동안 잠을 못 자서 너무 피곤해요. 주말에 좀 쉬어야겠어요. [疲困] [週末]
好幾天都沒睡好，真累。週末應該要休息一下了。

다음 주에 시험이 있으니까 열심히 공부해야겠어요. [週] [試驗] [熱心] [工夫]
下週有考試，應該要認真唸書了。

〈説明〉

-아 / 어 / 해야겠어요加在動詞後，意思是「應該要~」，表示意圖和計畫。將動詞原型的다去掉，若末字的母音為ㅏ, ㅗ，接 -아야겠어요，只要母音非ㅏ, ㅗ，接 -어야겠어요，若屬하다原型，則將하다改為 -해야겠어요。

 문법 익히기 熟悉文法

1 〈보기〉와 같이 쓰세요. 請仿照〈範例〉寫寫看。

〈範例〉
어려운 단어가 있어요. [單語] 有很難的單字。

한국친구에게 물어봐야겠어요. [韓國親舊]

應該問問韓國朋友。

(1)
방이 좀 어두워요. [房] 房間有點暗。

應該來開燈。

(2)
콧물이 나고 추워요. 감기 같아요. [感氣] 流鼻水又好冷。好像感冒了。

應該要吃藥。

(3)
다음 주가 어머니 생신이에요. [週] [生辰] 下週是媽媽生日。

應該要買禮物。

(4)
요즘 살이 많이 쪄서 걱정이에요. 最近變胖了，很擔心。

應該要運動了。

문법 알기 認識文法

-**어지다** 變得很~
→形容詞 + - 아 / 어 / 해지다

形容詞	母音	句型
형용사	ㅏ,ㅗ (O)	-아지다
	ㅏ,ㅗ (X)	-어지다
	하다	해지다

〈例句〉

머리를 잘라서 머리가 짧아졌어요. 剪了頭髮，頭髮變短了。

제 동생은 작년보다 키가 커졌어요 我弟弟比去年變得更高了。
   [同生]   [昨年]

겨울은 춥지만 봄이 되면 따뜻해져요.
冬天雖然冷，但春天一來，就會變溫暖。

〈說明〉

- 아 / 어 / 해지 加在形容詞後時，形容詞的詞性會變成動詞，意思是「變得很~」。將形容詞原型的다去掉，若末字母音為ㅏ,ㅗ，接 - 아지다，只要母音非ㅏ,ㅗ，接 - 어지다，若屬於하다原型，則將하다改為 - 해지다。需注意，若改變過程已結束，語尾需使用過去式，如例句「짧아졌어요」（變短）、「커졌어요」（變高）。若屬常態性事實，則可使用現在式，如例句「따뜻해져요」（變溫暖）。

 문법 익히기 熟悉文法

1 〈보기〉와 같이 쓰세요. 請仿照 <範例> 寫寫看。

〈範例〉

아침에는 날씨가 맑았는데 갑자기
흐려졌어요. (흐리다 陰沉)

早上天氣很好，突然變陰天了。

(1)  점심시간이 되니까 식당에 사람이
   [點心時間]   [食堂]

(많다 多) 到了午餐時間，餐廳裡人變多了。

(2)  휴가가 끝나서 다시
   [休假]

(바쁘다 忙) 假期結束了，再度變得忙碌。

(3)  운동을 해서
   [運動]

(날씬하다 苗條) 因為運動，變瘦了。

(4)  지난달보다 날씨가 많이

(춥다 冷) 比起上個月，天氣變冷許多。

2 다음에서 알맞은 것을 골라 〈보기〉와 같이 쓰세요.
請從下列中選出適合的字，仿照〈範例〉寫寫看。

[健康] **건강이 나쁘다** 不健康　[健康] **건강이 좋다** 很健康　**예쁘다** 漂亮　**조용하다** 安靜

따뜻하다 溫暖　**괜찮다** 還好　[親] **친하다** 親近　**밤이 길다** 夜晚長

〈範例〉　사랑하면　**예뻐져요.** 愛情會使人變美。

(1) 봄이 오면　　　　　　　　　春天到的話，會變溫暖。

(2) 같이 [旅行] 여행을 가면　　　　一起旅行的話，會變熟。

(3) [門] 문을 닫으면　　　　　　關門的話，會變安靜。

(4) 겨울이 되면　　　　　　　　到了冬天的話，夜晚會變長。

(5) 담배를 끊어서　　　　　　　因為戒菸了，所以變健康。

(6) 술을 많이 마셔서　　　　　因為喝太多酒，變得不健康。

(7) 아팠는데 [藥] 약을 먹어서　　原本不舒服，吃了藥之後好轉了。

3 '-아지다/어지다'를 사용해서 대화를 완성하세요.
請使用「-아지다/어지다」完成對話。

(1) **가:** 오늘 날씨가 어때요? 今天天氣怎麼樣？

　　나: 아침에는 추웠는데　　　　原本早上很冷，下午變溫暖了。

(2) **가:** 요즘 과일이 싸요? 最近水果便宜嗎？

　　나: 아니요, [昨年] 작년보다　　不，變得比去年更貴了。

(3) **가:** 이번 달에 많이 바빠요? 這個月很忙嗎？

　　나: 아니요, 지난달보다　　不，變得比上個月更有空閒。

(4) **가:** 요즘 [健康] 건강이 어때요? 最近健康怎麼樣？

　　나:　　　　　　　　　　變得很好。

문법 알기 認識文法

動詞	尾音	句型
동사	받침 (O)	-기 전에
	받침 (X)	

-기 전에 在～之前
→動詞 + -기 전에

〈例句〉

[藥]
약을 먹기 [前]전에 밥을 먹어야 돼요.　　在吃藥之前必須吃飯。

[演劇]
연극을 보기 [前]전에 [攜帶電話]휴대전화를 껐어요.　　看舞台劇之前，關了手機。

[出發]
출발하기 [前]전에 [電話]전화하세요.　　出發之前，請打電話。

〈 說明 〉

- 기 전에加在動詞後，成為時間點名詞，意思是「做～之前」。將動詞原型的다去掉，無論有無尾音，一律加上 -기 전에。

 문법 익히기 熟悉文法

1 〈보기〉와 같이 쓰세요. 請仿照〈範例〉寫寫看。

일어나다 → [運動]운동하다 → 〈範例〉[shower]샤워하다 → ① [新聞]신문을 보다 → ② 아침을 먹다
起床　　　　運動　　　　　　洗澡　　　　　看報紙　　　　　　吃早餐

→ ③ [養齒]양치질을 하다 → ④ 옷을 갈아입다 → ⑤ [學校]학교/[會社]회사에 가다
　　刷牙　　　　　　　　　換衣服　　　　　　　去學校／公司

〈範例〉　　저는 아침에 일어나서 샤워하기 전에 운동해요.

(1) _____　　我看報紙之前先洗澡。

(2) _____　　我吃早餐之前先看報紙。

(3) _____　　我刷牙之前先吃早餐。

(4) _____　　我換衣服之前先刷牙。

(5) _____　　我去學校／公司之前先換衣服。

2 **〈보기〉와 같이 쓰세요.** 請仿照＜範例＞寫寫看。

〈範例〉 낙엽이 떨어지다 / 단풍 구경을 가다
[落葉] [丹楓]
落葉凋零 / 去賞楓葉

→ 낙엽이 떨어지기 전에 단풍 구경을 가야겠어요.
在楓葉凋零之前，應該要去賞楓。

(1)

벚꽃이 지다 / 사진을 찍다
[寫真]
櫻花／照相

→ _____ 在櫻花謝掉之前，應該要拍
照 。

(2)

눈이 많이 쌓이다 / 치우다
積了太多雪／清理

→ _____ 在積了太多雪之前，應該要清理。

(3)

장마가 시작되다 / 여행을 다녀오다
[始做] [旅行]
雨季開始／去一趟旅行

→ _____ 在雨季開始之前，應該要去一趟旅行。

(4)

더워지다 / 에어컨을 사다
[aircon]
變熱／買冷氣

→ _____ 在變熱之前，應該要買冷氣。

3 **'-기 전에'를 사용해서 질문에 답하세요.** 請使用「 - 기 전에」回答問題。

(1) **가:** 자기 전에 보통 무엇을 해요? 睡覺之前通常做些什麼？
[前] [普通]

나: _____

(2) **가:** 운동하기 전에 밥을 먹어도 돼요? 睡覺之前可以吃飯嗎？
[運動] [前]

나: _____

(3) **가:** 여행을 가기 전에 무엇을 준비해야 해요? 旅行之前得準備什麼？
[旅行] [前] [準備]

나: _____

(4) **가:** 한국어를 공부하기 전에 무엇을 배워 봤어요? 學韓語之前學過什麼？
[韓國語] [工夫] [前]

나: _____

 **문법 알기**

> **-을까요?** 會～嗎？
>
> **(아마) -을 거예요** （也許）應該會～
>
> →動詞／形容詞 ＋ - ㄹ／을까요?
> 　動詞／形容詞 ＋ （아마）- ㄹ／을 거예요

詞性	尾音	疑問句型	回答句型
動詞	받침 (O)	-을까요?	-을 거예요
形容詞	받침 (X)	-ㄹ까요?	-ㄹ 거예요

〈例句〉

가 : 저 영화가 재미있을까요? 那部電影會有趣嗎？　[映畫][滋味]

나 : 사람들이 많이 보니까 재미있을 거예요. 因為很多人看，應該很有趣。　[滋味]

가 : 내일도 오늘처럼 비가 많이 올까요? 明天也會像今天一樣下大雨嗎？　[來日]

나 : 장마가 끝나서 아마 안 올 거예요. 雨季結束了，應該不會下。

 문법 익히기 熟悉文法

〈說明〉

當主詞是第三人稱的人事物，使用 - ㄹ／을까요? 作語尾時，意思是「會～嗎？」代表推測疑問句。回答則使用（아마）- ㄹ／을 거예요，意思是「（也許）應該會～」，代表推測肯定句。表示副詞的 아마（也許）可加也可不加。將動詞／形容詞原型的다去掉，若末字有尾音時，接 - 을까요? / - 을 거예요，若無尾音時，接 - ㄹ까요? / - ㄹ 거예요。

1 〈보기〉와 같이 쓰세요. 請仿照〈範例〉寫寫看。

> 〈範例〉
>
> 가 : 벚꽃이 언제쯤 **필까요?** （피다 開）櫻花大約何時會開呢？
>
> 나 : 아마 3월말쯤 되면 **필 거예요.** 大概3月底左右會開。　[月末]

(1)
가 : 언제쯤 ＿＿＿＿＿ （시원해지다 變涼爽）大約何時會變涼爽呢？

나 : 주말에 비가 오고 나면 ＿＿＿＿＿ 週末下過雨之後應該會變涼爽。　[週末]

(2)
가 : 다음 주에 눈이 ＿＿＿＿＿ （오다 來）下週會下雪嗎？　[週]

나 : 더 추워지면 ＿＿＿＿＿ 變得更冷一點的話，應該會下雪。

(3)
가 : 언제쯤 단풍이 ＿＿＿＿＿ （들다 染上）何時楓葉會轉紅呢？　[丹楓]

나 : 아마 9월말쯤 ＿＿＿＿＿ 大概9月底左右楓葉會轉紅。　[月末]

(4)
가 : 다음 주쯤 장마가 ＿＿＿＿＿ （끝나다 結束）下週左右雨季會結束嗎？　[週]

나 : 네, 아마 다음 주면 ＿＿＿＿＿ 是，大概到下週左右雨季會結束。　[週]

2 **〈보기〉와 같이 쓰세요.** 請仿照＜範例＞寫寫看。

> 〈範例〉
>
> **가:** 떡볶이가 맵지 않을까요? 炒年糕不辣嗎？
>
> **나:** 조금 맵지만 물을 마시면 맵지 않을 거예요.
> 雖然有點辣，但配水喝的話，應該就不辣。

(1) **가:** 내일 바람이 많이 불까요? [來日] 明天會颳強風嗎？

　　나: 네, 아마 춥고 ＿＿＿＿＿＿＿＿＿＿＿＿ 是，應該又冷又會刮強風。

(2) **가:** 지금 출발하면 늦을까요? [出發] 現在出發的話，會遲到嗎？

　　나: 택시를 타면 ＿＿＿＿＿＿＿＿＿ [taxi] 搭計程車的話，應該不會遲到。

(3) **가:** 지수 씨가 시간이 있을까요? [時間] 智秀小姐會有時間嗎？

　　나: 네, 시험이 끝났으니까 아마 ＿＿＿＿＿＿ [試驗] 是，考試結束了，應該有時間。

(4) **가:** 지금 밤 11시인데 샤오진 씨가 전화를 받을까요? [時][電話] 現在晚上11點了，小真小姐會接電話嗎？

　　나: 아마 ＿＿＿＿＿＿＿＿＿＿. 내일 전화하세요. [來日][電話] 大概不會接。請明天再打電話吧。

3 **'-(으)ㄹ 거예요'를 사용해서 대화를 완성하세요.**
請使用「-（으）ㄹ 거예요」完成對話。

(1) **가:** 도서관에 다녀올게요. [圖書館] 我去一趟圖書館。

　　나: 우산을 가져가세요. 아마 ＿＿＿＿＿＿＿ [雨傘] 請帶雨傘去吧。大概會下雨。

(2) **가:** 에린 씨가 언제 결혼할까요? [結婚] 愛琳小姐何時會結婚？

　　나: 아마 내년쯤 ＿＿＿＿＿＿＿ [來年] 大概明年左右會結婚。

(3) **가:** 찌개가 ＿＿＿＿＿＿＿＿＿. 조금 후에 드세요. [後] 湯很燙。請等一下再吃。

　　나: 괜찮아요. 저는 뜨거운 음식을 잘 먹어요. [飲食] 沒關係。我喜歡吃熱的食物。

(4) **가:** 이번 시험은 조금 ＿＿＿＿＿＿＿＿＿. 공부를 많이 하세요. [試驗][工夫]
　　這次的考試有點難。請多多唸書。

　　나: 알겠습니다. 열심히 할게요. [熱心] 我知道了。我會認真的。

 **듣기** 聽力

1 내일 날씨가 어떨까요? 듣고 알맞은 그림에 번호를 쓰세요. Track 11
明天天氣怎麼樣？聽完之後，在適合的圖片上寫下號碼。

2 듣고 맞으면 ◯, 틀리면 ✕ 하세요. Track 12
聽完之後，對的打O，錯的打X。

(1) 오늘 오전에는 흐릴 거예요.　　　　　　　(　　)
　　今天上午會是陰天。

(2) 오늘 오후 늦게 비가 올 거예요.　　　　　(　　)
　　今天下午稍晚會下雨。

(3) 내일은 바람이 많이 불 거예요.　　　　　(　　)
　　明天會刮強風。

(4) 내일은 길이 미끄러울 거예요.　　　　　(　　)
　　明天路上會很滑。

말하기 口語

1 친구와 이야기하세요. 和朋友説看看。

질문 問題	한국의 날씨 韓國的天氣	_____의 날씨 ____的天氣
(1) 사계절이 있어요? 有四季嗎？	봄, 여름, 가을, 겨울이 있어요. 有春、夏、秋、冬。	
(2) 날씨는 어때요? 天氣如何呢？	봄에는 꽃이 피고 따뜻하지만 꽃샘추위도 있어요. 여름에는 30~35도 정도이고 비가 많이 와요. 가을에는 날씨가 시원해지고 단풍이 들어요. 겨울에는 추워지고 눈이 와요. 春天時會開花，很溫暖， 可是也有春寒。 夏天約30~35度左右，經常下雨。 秋天天氣轉涼，樹葉轉紅。 冬天變冷，會下雪。	
(3) 무엇을 해요? 做些什麼呢？	봄에는 꽃구경을 해요. 여름에는 휴가가 있어서 산이나 바다로 놀러 가요. 가을에는 단풍 구경을 가요. 겨울에는 스키장에 많이 가요. 春天時會賞花。 夏天時因為有假期，會去山裡或海邊玩。 秋天時會去賞楓葉。 冬天時經常去滑雪場。	

2 친구의 나라는 날씨가 어때요? 다른 친구들에게 소개해 보세요.

朋友國家的天氣怎麼樣？請向其他朋友介紹看看。

호민 씨는 베트남에서 왔어요.
베트남은 5월부터 10월 사이에 비가
많이 오고 태풍도 자주 와요.
여름에는 26도 정도이고 바다에서
수영할 수 있어요. 겨울에도 15도 정도라서
눈이 오지 않아요.

浩民先生來自越南。
越南從5月起到10月之間，
會下很多雨，也經常有颱風。
夏天時約26度，可以在海邊
游泳。冬天也差不多15度左右，
所以並不會下雪。

읽고 쓰기 閱讀寫作

1 다음 표를 보고 질문에 대답하세요. 請看下表並回答問題。

일 日	월 一	화 二	수 三	목 四	금 五	토 六
☃	⛅	☀	☀	🌧	🌧	⛅
−7℃	−1℃	3℃	5℃	4℃	4℃	1℃

(1) 오늘은 일요일이에요. 목요일 날씨는 어떨까요?

今天是星期日。星期四的天氣怎麼樣？

(2) 날씨가 흐린 날은 무슨 요일이에요?

陰天的日子是星期幾？

(3) 일요일부터 수요일까지 기온이 어때요?

星期日到星期三的氣溫怎麼樣？

2 지난 일주일 동안의 날씨와 기온은 어땠어요? 다음 표를 완성하고 글을 써 보세요.

過去一週的天氣和氣溫如何呢？請完成下表，並寫出敍述。

일 日	월 一	화 二	수 三	목 四	금 五	토 六

....

....

....

....

....

날개 달기 展翅高飛

여러분은 무슨 계절을 좋아해요? 친구와 이야기하세요. 和朋友說看看。

질문 問題	나 我	친구 朋友
(1) 무슨 계절을 좋아해요? 喜歡什麼季節？	저는 가을을 좋아해요. 我喜歡秋天。	
(2) 왜 좋아해요? 為什麼喜歡？	저는 더운 날씨를 싫어해요. 그래서 날씨가 시원해지는 가을이 좋아요. 그리고 단풍이 들면 정말 아름다워요. 我討厭很熱的天氣。 所以喜歡天氣轉涼的秋天。 而且楓葉轉紅時，真的很美。	
(3) 하고 싶은 일이 있어요? 有想做的事嗎？	이번 가을에는 친구들과 함께 설악산이나 지리산으로 단풍 구경을 가고 싶어요. 這個秋天，我想和朋友們一起去雪嶽 山或智異山賞楓。	

표현 넓히기 - 기상청 날씨 예보 拓展表達 − 氣象局天氣預報

1 날씨 그림 天氣圖

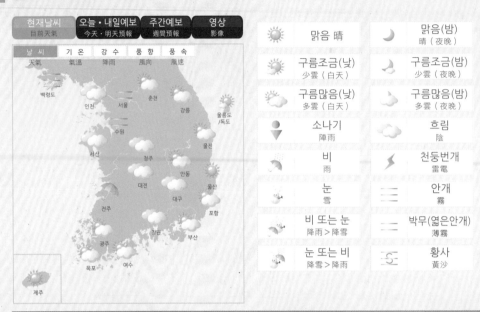

맑다 晴朗	맑음 晴	많다 多	많음 多	높다 高	높음 高
흐리다 陰沈	흐림 陰沈	적다 少	적음 少	낮다 低	낮음 低

2 온도 溫度

영상 零上 ↑
0℃
영하 零下 ↓

최고기온（最高氣溫）:
가장 높은 온도
最高的溫度

최저기온（最低氣溫）:
가장 낮은 온도
最低的溫度

* 열대야（熱帶夜）: 너무 더운 밤이에요. 잠을 잘 수 없어요.
非常炎 　　　　　　非常炎熱的夜晚，無法入睡。

3 비와 바람 雨和風

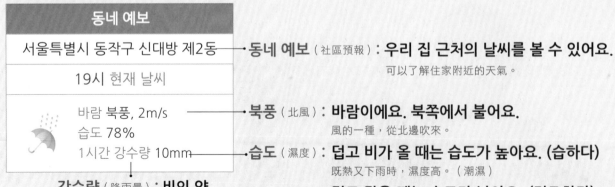

동네 예보

서울특별시 동작구 신대방 제2동

19시 현재 날씨

바람 북풍, 2m/s
습도 78%
1시간 강수량 10mm

강수량（降雨量）: **비의 양**
雨量

동네 예보（社區預報）: **우리 집 근처의 날씨를 볼 수 있어요.**
可以了解住家附近的天氣。

북풍（北風）: **바람이에요. 북쪽에서 불어요.**
風的一種，從北邊吹來。

습도（濕度）: **덥고 비가 올 때는 습도가 높아요. (습하다)**
既熱又下雨時，濕度高。（潮濕）

덥고 맑을 때는 습도가 낮아요. (건조하다)
既熱又晴朗時，濕度低。（乾燥）

* **불쾌지수: 덥고 습해서 기분이 나쁜 정도**
不悅指數：既熱又潮濕，使心情不悅的程度

문화 알기 - 계절별 제철 음식 認識文化－當季飲食

냉이 된장국
芥菜醬湯

주꾸미 볶음
炒章魚

꽃게찜
蒸花蟹

달래 무침
涼拌單花韭

봄
春天

열무 물김치
小蘿蔔水泡菜

삼계탕
人蔘雞

콩국수
豆漿冷麵

장어구이
烤鰻魚

여름
夏天

전어구이
烤斑鰶

대하구이
烤大蝦

토란국
水芋湯

낙지전골
章魚鍋

가을
秋天

팥죽
紅豆粥

곰탕
牛肉湯

고구마 튀김
炸地瓜

홍합찜
蒸淡菜

겨울
冬天

5과 예약
預約

學習目標 學會預約、變更或取消

文法重點

-었으면 좋겠다 如果能～多好	**-은/는/을** 助詞
-습니다/습니까? 格式體語尾	**밖에** ～之外

學習準備

여러분은 예약을 어떻게 해요?
各位如何進行預約呢？

예약을 변경하거나 취소하려면 어떻게 해야 해요?
想要變更預約或取消的話，該怎麼做呢？

바꾸실 날짜를 말씀해 주시겠습니까?
可以告訴我您要改的日期嗎?

직원	감사합니다. 열린호텔입니다.
	kam.sa.ham.ni.da- yeol.lin.ho.tte.lim.ni.da
유카	지난주에 예약한 사람인데 날짜를 바꿨으면 좋겠어요.
	chi.nan.ju.e- ye.ya.kkan- sa.la.min.de- nal.jja.leul- pa.ggwo.sseu.myeon- cho.kke.sseo.yo
직원	성함이 어떻게 되십니까?
	seong.ha.mi- eo.ddeo.kke- doe.sim.ni.gga
유카	마츠모토 유카예요.
	ma.cheu.mo.tto- yu.kka.ye.yo
직원	바꾸실 날짜를 말씀해 주시겠습니까?
	pa.ggu.sil- nal.jja.leul- mal.sseu.mae- chu.si.get.sseum.ni.gga
유카	8월 10일부터 2박 3일 동안 있을 거예요.
	ppa.lwol- si.bil.bu.tteo- i.bak- sa.mil- dong.an- i.sseul- geo.ye.yo
직원	오시는 인원은 같습니까?
	o.si.neun- i.nwo.neun- kat.sseum.ni.gga
유카	네, 같아요.
	ne- ka.tta.yo
직원	그 날짜에는 침대 방밖에 없는데 괜찮으십니까?
	keu- nal.jja.e.neun- chim.dae- bang.ba.gge- eom.neun.de- kwaen.cha.neu.sim.ni.gga
유카	네, 상관없어요.
	ne- sang.gwa.neop.sseo.yo
직원	알겠습니다. 변경되었습니다.
	al.get.sseum.ni.da- pyeon.gyeong.doe.eot.sseum.ni.da

 Track 13

職員	感謝您。這裡是基礎飯店。	職員	請問同行的人是一樣的嗎?
由夏	我是上個禮拜有預約的人,希望能更改日期。	由夏	是的,一樣。
職員	請問您貴姓大名?	職員	那個日期只剩床型房,沒關係嗎?
由夏	我叫松本由夏。	由夏	是的,沒有關係。
職員	可以告訴我您想更改的日期嗎?	職員	了解了,已經更改完成了。
由夏	從8月10號開始,住3天2夜。		

본문 확인하기 確認課文

유카 씨는 왜 전화를 했어요? 由夏小姐為什麼打了電話?

유카 씨는 언제부터 언제까지 예약했어요? 由夏小姐從何時到何時做了預約?

어휘와 표현 詞彙和表達

[人員] 인원 i.nwon 人數	[相關] 상관없다 sang.gwa.neop.dda 沒關係	[變更] 변경되다 pyeon.gyeong.doe.da 變更完成	___ 이/가 어떻게 되십니까? i/ga- eo.ddeo.kke- doe.sim.ni.gga 請問您的～ ?

비행기
飛機

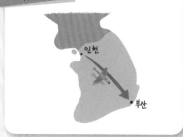

[仁川發釜山行]
인천발부산행
in.cheon.bal- pu.sa.naeng
仁川到釜山

[片道]
편도
ppyeon.do
單程

[往返]
왕복
wang.bok
來回

[一般席]
일반석
il.ban.seok
經濟艙

[business席]
비즈니스석
pi.jeu.ni.seu.seok
商務艙

[一等席]
일등석
il.deung.seok
頭等艙

호텔
飯店

[客室]
객실
kaek.ssil
客房

[溫突房]
온돌방
on.dol.bang
暖炕房

[寢台房]
침대방
chim.dae.bang
床房

[入室]
입실
ip.ssil
入住

[退室]
퇴실
ttoe.sil
退房

[4人室]
4인실
sa.in.sil
4人房

어휘 알기 - 예약(2) 認識詞彙－預約（2）

자리
位置

자리가 있다
cha.li.ga- it.dda
有位置

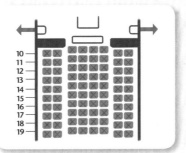

자리가 없다
cha.li.ga- eop.dda
沒有位置

[待 機 者 名 單]
대기자명단에 올리다
tae.gi.ja- myeong.da.ne- ol.li.da
列入登機者名單

예약
預約

[電話]
전화하다
cheo.nwa.ha.da
打電話

[預約]
예약하다
ye.ya.kka.da
預約

[確認]
확인하다
hwa.gi.na.da
確認

[變更]
변경하다
pyeon.gyeong.ha.da
變更

[取消]
취소하다
chwi.so.ha.da
取消

[決濟]
결제하다
kyeol.je.ha.da
結帳

문법 알기 認識文法

-**었으면 좋겠다** 希望能～、如果能～多好
→動詞／形容詞 + - 았 / 었 / 했으면 좋겠다

詞性	母音	句型
動詞 形容詞	ㅏ, ㅗ (O)	-았으면 좋겠다
	ㅏ, ㅗ (X)	-었으면 좋겠다
	하다	했으면 좋겠다

〈例句〉

[來年] [休假] [濟州島]
내년 휴가에는 제주도에 갔으면 좋겠어요.
希望明年休假時能去濟州島。

얼굴이 예뻤으면 좋겠어요. 如果能長得漂亮多好。

[工夫] [熱心]
공부를 열심히 했으면 좋겠어요. 希望能用功唸書。

〈説明〉

- 으면좋겠다的意思是「如果能～該有多好」，前面加上過去式時態 - 았 / 었 / 했，表示強調，代表所希望的事情和現實狀況並不相符。將動詞或形容詞原型的다去掉，若末字的母音為ㅏ，ㅗ，加上 - 았으면 좋겠다，只要母音非ㅏ，ㅗ，加上 - 었으면 좋겠다，若屬於하다原型，則將하다改為했으면 좋겠다。

 문법 익히기 熟悉文法

1 〈보기〉와 같이 쓰세요. 請仿照＜範例＞寫寫看。

한국어를 잘하다
韓語很好

〈範例〉

[韓國語]
한국어를 잘했으면 좋겠어요.

真希望韓語能很好。

(1)
[旅行] [滋味]
여행이 재미있다
旅行有趣

真希望旅行能有趣。

(2)
[shower] 샤워를 하다
洗澡

真希望能洗個澡。

(3)
쉬다
休息

真希望能休息。

(4)
[氣分]
기분이 좋다
心情好

[親舊]
친구가

真希望朋友能開心。

문법 알기 認識文法

-는 　　　 正在～的
→動詞 + - 는

動詞	現在式	尾音	句型
동사	현재	받침 (O)	-는
		받침 (X)	

〈例句〉

지금 듣는 노래는 한국[韓國] 노래예요. 我現在在聽的歌曲是韓國歌曲。

거실[巨室]에서 텔레비전[television]을 보는 사람은 누나예요. 在客廳看電視的人是姊姊。

제가 좋아하는 음식[飲食]은 불고기예요. 我所喜歡的食物是烤肉。

〈説明〉

- 는加在動詞後，表示常態性或正在做的動作，用以修飾名詞，意思是「正在做～的（人事物）」，屬於現在式文法。將動詞原型的다去掉，無論有無尾音，一律加上 - 는。

 문법 익히기 熟悉文法

1 〈보기〉와 같이 쓰세요. 請仿照＜範例＞寫寫看。

〈範例〉

주스 / 마시다 / 사람 / 동생
果汁／喝／人／妹妹

→ 주스를 마시는 사람은 동생이에요.
在喝果汁的人是妹妹。

(1)

잠 / 자다 / 아기 / 조카
睡覺／睡／小孩／姪子

→ 　　　　　　　　　　　　　　 在睡覺的小孩是姪子。

(2)

9시 / 출발하다 / 기차 / 부산행
9點／出發／火車／往釜山

→ 　　　　　　　　　　　　　　 9點出發的火車是開往釜山。

(3)

오빠 / 듣다 / 노래 / K-POP
哥哥／聽／歌曲／K-POP

→ 　　　　　　　　　　　　　　 哥哥在聽的歌曲是K-POP。

(4)

엄마 / 만들다 / 음식 / 삼계탕
媽媽／製作／食物／人蔘雞

→ 　　　　　　　　　　　　　　 媽媽在做的食物是人蔘雞。

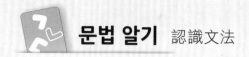 **문법 알기** 認識文法

動詞	過去式	尾音	句型
동사	과거	받침 (O)	-은
		받침 (X)	-ㄴ

-은 做過~的
→動詞 + -ㄴ/은

〈例句〉

어제 먹은 떡볶이는 조금 매웠어요. 昨天吃的炒年糕有點辣。

지난주에 본 영화는 재미있었어요. 上週看過的電影很有趣。
　　　[週]　　[映畫]　　[滋味]

작년에 간 제주도에 또 가고 싶어요. 去年去過的濟州島還想再去。

〈説明〉

-ㄴ/은加在動詞後,表示已做過的動作,用以修飾名詞,意思是「做過~的(人事物)」,屬於過去式文法。將動詞原型的다去掉,若有尾音,加上 -은,若無尾音,則加上 -ㄴ。

 문법 익히기 熟悉文法

1 〈보기〉와 같이 쓰세요. 請仿照〈範例〉寫寫看。

〈範例〉 어제 책을 읽었어요. 그 책은 재미있었어요. 昨天讀了書。那本書很有趣。
　　　　　[冊]　　　　　　[冊]　[滋味]

→ 어제 읽은 책은 재미있었어요. 昨天讀的書很有趣。
　　　　　　[冊]　[滋味]

(1) 어제 옷을 샀어요. 그 옷은 비쌌어요. 昨天買了衣服。那件衣服很貴。

→ _____ 昨天買的衣服很貴。

(2) 지난주에 친구를 만났어요. 그 친구는 마이클이에요. 上週見了朋友。那位朋友是麥可。
　　　[週]　　[親舊]

→ _____ 上週見的朋友是麥可。

(3) 저녁에 비빔밥을 먹었어요. 그 비빔밥은 정말 맛있었어요. 晚上吃了拌飯。那拌飯真好吃。
　　　　　　　　　　　　　　　　　　　　[正]

→ _____ 晚上吃的拌飯真好吃。

(4) 지난달에 산에 갔어요. 그 산은 단풍이 아주 아름다웠어요. 上個月去爬山。山上的楓葉相當美。
　　　　　[山]　　　　[山]　[丹楓]

→ _____ 上個月去過的山上,楓葉相當美。

(5) 작년에 한복을 입었어요. 그 한복은 정말 예뻤어요. 去年穿了韓服。那件韓服真美。
　　[昨年]　[韓服]　　　　[韓服]　[正]

→ _____ 去年穿的韓服真美。

2 **<보기>와 같이 쓰세요.** 請仿照<範例>寫寫看。

<範例>

가: 지난주에 무슨 시장에 갔어요? 上週去了什麼市場？
[週] [市場]

나: 제가 간 시장은 동대문시장이에요. 我去的市場是東大門市場。
[市場] [東大門市場]

(1) 가: 어제　　　　　　노래가 어땠어요? 昨天聽的歌曲怎麼樣？

　　나: 가사는 좋은데 발음이 어려웠어요. 歌詞很好，但發音很難。
[歌詞] [發音]

(2) 가: 저 사람은 누구예요? 那個人是誰？

　　나: 한국에서　　　　　　친구예요. 在韓國認識的朋友。／從韓國來的朋友。
[韓國] [親舊]

(3) 가: 언제 찍은 사진이에요? 什麼時候拍的照片？
[寫真]

　　나: 작년에　　　　　　사진이에요. 去年拍的照片。
[昨年] [寫真]

(4) 가: 옷이 예뻐요! 새 옷이에요? 衣服真美! 新衣服嗎？
o.si- ye.bbeo.yo- sae- o.si.e.yo

　　나: 아니요. 1년 전에　　　　　　옷이에요. 不是，是一年前買的衣服。
[年前]

(5) 가: 어제 저녁에　　　　　　음식은 맛있었어요? 昨天晚上吃的／做的食物好吃嗎？
[飲食]

　　나: 네, 정말 맛있었어요. 是，真的很好吃。
[正]

(6) 가: 어제 무슨 책을 읽었어요? 昨天讀了什麼書？
[冊]

　　나: 어제　　　　　　책은 한국어문법책이에요. 昨天讀的書是韓語文法書。
[冊] [韓國語文法冊]

문법 알기 認識文法

-을 ⬚ 要~的
→動詞 + -ㄹ/을

動詞	未來式	尾音	句型
동사	미래	받침 (O)	-을
		받침 (X)	-ㄹ

〈例句〉

[圖書館]
도서관에는 읽을 [冊]책이 많아요. 圖書管裡要讀的書很多。

[父母]
이건 부모님께 드릴 [獻物]선물이에요. 這是要送給父母的禮物。

[週]
다음 주에 갈 곳은 [安東]안동이에요. 下週要去的地方是安東。

〈說明〉

-ㄹ / 을加在動詞後，表示未來將要做的動作，用以修飾名詞，意思是「要~的（人事物）」，屬於未來式文法。將動詞原型的다去掉，若有尾音，加上 -을，若無尾音，則加上 -ㄹ。

문법 익히기 熟悉文法

1 **다음에서 알맞은 것을 골라 〈보기〉와 같이 쓰세요.**
請從下列中選出適合的字，仿照〈範例〉寫寫看。

있다	**가다**	**보다**	**주다**	**하다**	**먹다**
舉行	去	考(試)	送	做	吃

〈範例〉

가: 뭘 [準備]준비하고 있어요? 你正在準備什麼？

나: [來日午後]내일오후에 ⬚있을⬚ [會議]회의를 [準備]준비하고 있어요.
我正在準備明天下午要開的會議。

(1) 가: 누구와 같이 [旅行]여행을 갈 거예요? 要和誰一起旅行？

나: 아직 모르겠어요. 같이 여행을 [旅行]⬚⬚⬚ [親舊]친구를 찾고 있어요.

還不知道。我正在找要一起旅行的朋友。

(2) 가: 저녁을 ⬚⬚⬚ 곳이 어디예요? 要吃晚餐的地方是哪裡？

나: [學校近處食堂]학교 근처 식당이에요. 是學校附近的餐廳。

(3) 가: 그게 뭐예요? 那是什麼？

나: [親舊]친구한테 ⬚⬚⬚ [獻物]선물이에요. 要送朋友的禮物。

(4) 가: 오늘 ⬚⬚⬚ 일이 많아요? 今天要做的事情很多嗎？

나: 아니요, 많지 않아요. 不，不多。

(5) 가: 내일 [來日]⬚⬚⬚ [試驗]시험이 어려울까요? 明天要考的考試很難嗎？

나: 아니요, 어렵지 않을 거예요. 不，應該不難。

2 **〈보기〉와 같이 쓰세요.** 請仿照〈範例〉寫寫看。

〈範例〉　보다（看）: 지금　보는　영화는 재미있어요. 現在看的電影很有趣。
　　　　　　지난주에 본 영화는 재미있었어요. 上週看的電影很有趣。
　　　　　　내일 볼 영화는 재미있을 거예요. 明天要看的電影應該很有趣。

(1) **가다**（去）
지금 공원에 　사람이 누구예요?
現在去公園的人是誰?

어제 공원에 　사람이 누구예요?
昨天去公園的人是誰?

내일 공원에 　사람이 누구예요?
明天要去公園的人是誰?

(2) **읽다**（讀）
지금　책은 한국어책이에요.
現在讀的書是韓語書。

어제　책은 한국어책이에요.
昨天讀的書是韓語書。

내일　책은 한국어책이에요.
明天要讀的書是韓語書。

(3) **듣다**（聽）
지금　노래가 뭐예요?
現在聽的是什麼歌曲?

조금 전에　노래가 뭐예요?
剛剛聽的是什麼歌曲?

다음에　노래가 뭐예요?
之後要聽的是什麼歌曲?

(4) **만들다**（製作）
지금　음식은 비빔밥이에요.
現在在做的食物是拌飯。

어제　음식은 김치찌개예요.
昨天做的食物是泡菜鍋。

내일　음식은 불고기예요.
明天要做的食物是烤肉。

3 **'-(으)ㄴ/는/(으)ㄹ'을 사용하여 〈보기〉와 같이 쓰세요.**
請使用「-(으)ㄴ/는/(으)ㄹ」,仿照〈範例〉寫寫看。

〈範例〉　가: 옷이 예뻐요. 언제 샀어요? 衣服很漂亮。什麼時候買的?
　　　　나: 이 옷은 어제 산 옷이에요. 這是昨天買的衣服。

(1) **가**: 이게 뭐예요? 這是什麼?
나: 친구에게　선물이에요. 是要送朋友的/從朋友獲得的禮物。

(2) **가**: 시청역에서 인사동으로　버스가 몇 번이에요? 從市政府站開往仁寺洞的公車是幾號?
나: 150 번이나 501 번이 거기로 가고 172 번도 가요. 150號或501號有到,172號也有到。

(3) **가**: 다음 주에 같이 여행할까요? 下週要不要一起旅行?
나: 미안하지만 다음 주에는　시간이 없어요. 不好意思,我下週沒有旅行的時間。

(4) **가**: 에린 씨, 자주　음악이 있어요? 愛琳小姐,有常聽的音樂嗎?
나: 네, 한국음악을 자주 들어요. 有,我常聽韓國音樂。

(5) **가**: 지난주 생일에　음식이 뭐예요? 上週生日時吃的/做的食物是什麼?
나: 미역국이에요. 是海帶湯。

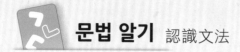

문법 알기 認識文法

-습니다/습니까? 格式體語尾
→動詞／形容詞／名詞 + - 습니다 / 습니까? / 입니다 / 입니까?

詞性	尾音	句型
動詞	받침 (O)	-습니다/습니까?
形容詞	받침 (X)	-ㅂ니다/ㅂ니까?
名詞	받침 (O/X)	입니다/입니까?

〈例句〉

만나서 반갑습니다. 很高興認識你。

모두 38,000원[元]입니다. 全部是38,000元。

가 : 어디에 가십니까? 您去哪裡?

나 : 저희는 부산[釜山]으로 여행[旅行]을 갑니다. 我們去釜山旅行。

〈説明〉

- 습니다 / 습니까? / 입니다 / 입니까? 加在動詞／形容詞／名詞後，表示對聽者的尊敬，屬於敘述句的格式體語尾。- 습니다 / 입니다代表肯定句，- 습니까? / 입니까?代表疑問句。加在動詞／形容詞後時，將原型的다去掉，若有尾音，接 - 습니다 / 습니까?，若無尾音，接 - ㅂ니다 / ㅂ니까?。加在名詞＋이다（是）後時，無論有無尾音，一律將이다（是）改為입니다（是。）/ 입니까?（是嗎?）。

문법 익히기 熟悉文法

1 〈보기〉와 같이 쓰세요. 請仿照＜範例＞寫寫看。

[工夫] 공부하다 學習

〈範例〉

가: [韓國語] 한국어를 [工夫] 공부하십니까? 您學韓語嗎?

나: 네, [韓國語] 한국어를 [工夫] **공부합니다.** 是，我學習韓語。

(1) 좋아하다 喜歡

가: [蹴球] 축구를 좋아하십니까? 您喜歡足球嗎?

나: 네, 축구를 [蹴球] _____ 是，我喜歡足球。

(2) 예약하다 預約

가: 몇 시[時]에 예약[預約]하셨습니까? 請問您預約了幾點?

나: 5시[時]에 _____ 我預約了5點。

(3) 살다 居住

가: [首爾] 서울에 사십니까? 您住首爾嗎?

나: 네, 서울에 _____ 是，我住首爾。

(4) 사람 人

가: 에린 씨는 어느 나라 사람이십니까? 愛琳小姐是哪一國人呢?

나: 저는 러시아[Russia] _____ 我是俄羅斯人。

문법 알기 認識文法

밖에 除了～之外

→名詞 + 밖에

〈例句〉

지금은 방이 하나밖에 없습니다.

現在房間除了一間，就沒有了。（現在房間只剩一間。）

비행기 출발 시간이 한 시간밖에 안 남았어요.

飛機出發時間除了1小時，就沒有多餘的時間。（飛機出發時間只剩1小時。）

저는 수영밖에 못 해요.

我除了游泳，其他都不會。（我只會游泳。）

그 사람은 일밖에 모르는 사람이에요.

那個人除了工作，其他都不知道。（那個人是只知道工作的人。）

〈説明〉

밖에加在名詞後面，意思是「除了～之外」，後面只能接否定句型，表示「除了～之外，其他都沒有、不行、不會…」。表示除了名詞之外，沒有其他的選擇或可能性。

문법 익히기 熟悉文法

1 〈보기〉와 같이 쓰세요. 請仿照＜範例＞寫寫看。

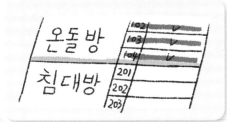

〈範例〉

가: [溫突房] 온돌방이 있어요? (침대 방) 請問有暖炕房嗎？

나: 아니요, [寢台房] 침대방밖에 없습니다. 不，只有床型房。

(1)

가: 다음 주 일요일 표가 있어요? (월요일 표 星期一的票)

請問有下週星期天的票嗎？

나: ＿＿＿＿＿＿ 不，只有星期一的票。

(2)

가: 거기까지 지하철이 가요? (버스 公車) [地下鐵] [bus] 請問地鐵有到那裡嗎？

나: ＿＿＿＿＿＿ 不，只有公車有到。

(3)

가: [萬元] 만원으로 수박도 살 수 있어요? (사과 蘋果)

1萬元也能買到西瓜嗎？

나: ＿＿＿＿＿＿ 不，只能買蘋果。

(4)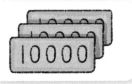

가: [5 萬元] 오만원이 있어요? (삼만 원 3萬元) 有5萬元嗎？ [3萬元]

나: ＿＿＿＿＿＿ 不，只有3萬元。

1 듣고 질문에 답하세요. Track 14

請聽完並回答問題。

(1) 여자는 왜 전화를 했어요?

女生為什麼打電話？

① 호텔을 예약하려고

想預約飯店。

② 호텔 예약을 취소하려고

想取消飯店預約。

③ 호텔 예약을 확인하려고

想確認飯店預約。

④ 호텔 예약 날짜를 변경하려고

想變更飯店預約日期。

(2) 여자는 얼마 동안 호텔에 있으려고 합니까?

女生打算在飯店待多久？

_____박 _____일
　　　　　　夜　　　　　　日

2 대화를 듣고 맞으면 ◯, 틀리면 ✕ 하세요. Track 15

請聽對話，對的打O，錯的打X。

(1) 여자는 예약을 변경하려고 전화했어요.　　　　(　　)

女生想變更預約而打了電話。

(2) 주말에는 예약을 할 수 없어요.　　　　(　　)

週末不可以預約。

(3) 여자는 3박 4일로 바다에 가요.　　　　(　　)

女生要去海邊4天3夜。

(4) 여행을 가는 사람은 모두 5명이에요.　　　　(　　)

旅行的人一共5位。

말하기 口語

한 사람은 호텔 직원, 다른 사람은 손님이 되어서 이야기하세요.
一人當飯店職員，另一人當客人，試著練習看看。

직원: 안녕하십니까? 열린호텔입니다.

손님: 다음 주 금요일에 예약하고 싶은데요.

직원: 몇 분이 오실 겁니까?

손님: 4명이 갈 거예요.

직원: 며칠 동안 계실 겁니까?

손님: 3일 동안 있을 거예요. 침대 방이 있어요?

직원: 네, 있습니다.

　　　　침대 방은 하루에 20만 원입니다.

손님: 그럼, 침대 방으로 예약해 주세요.

職員：您好嗎？這裡是基礎飯店。
客人：我想預約下週五。
職員：請問幾位會來？
客人：會有4位。
職員：請問要住幾天？

客人：要住3天。有床型房嗎？
職員：有，有的。
　　　床型房一天是20萬元。
客人：那麼，請幫我預約床型房。

〈範例〉

가는 날: 다음 주 금요일
인원　　: 4명
기간　　: 3일
방　　　: 침대 방
요금　　: 20만 원

(1) 가는 날: 다음 주 토요일
인원　　: 3명
기간　　: 일주일
방　　　: 온돌방
요금　　: 15만 원

(2) 가는 날: 다음 달
　　　　　첫째 주 목요일
인원　　: 2명
기간　　: 하루
방　　　: 침대 방
요금　　: 12만 원

(3) 가는 날: 7월 17일
　　　　　토요일
인원　　: 5명
기간　　: 이틀
방　　　: 온돌방
요금　　: 25만 원

<範例>
前往日期：下週五
人員：4名
期間：3天
房間：床型房
費用：20萬元

（1）
前往日期：下週六
人員：3名
期間：一星期
房間：暖炕房
費用：15萬元

（2）
前往日期：下個月
　　　　第一個星期四
人員：2名
期間：一天
房間：床型房
費用：12萬元

（3）
前往日期：7月17日
　　　　星期六
人員：5人
期間：兩天
房間：暖炕房
費用：25萬元

읽고 쓰기 閱讀寫作

1 **읽고 질문에 답하세요.** 請閱讀並回答問題。

열린 펜션

http://www.열린펜션.com

문의 게시판

예약하려고 합니다!!	조회:10

[安寧] [房] [預約]
안녕하세요? 방을 예약하려고 합니다.

[週] [金曜日] [日曜日] [名]
다음 주 금요일부터 일요일까지 2명이 가려고 합니다.

[房] [預約] [寢臺房]
바다를 볼 수 있는 방으로 예약하고 싶은데 침대 방이 있을까요?

[barbecue]
그리고 바비큐도 할 수 있습니까?

[連絡] [安寧]
연락해 주세요. 안녕히 계세요.

마틴
010-1234-5678

基礎民宿
問題佈告欄
我想預約!!   點閱數:10
您好嗎?我想預約房間。下週五到週日我們兩人想要前往。
希望能預約看得到海的房間,以及有床型房嗎?還有可以烤肉嗎?
請和我連絡,再見。

馬丁
010-1234-5678

(1) 언제부터 언제까지 있을 거예요? 從何時待到何時?

(2) 마틴 씨는 어떤 방으로 예약하려고 해요? 馬丁先生想預約怎樣的房間?

(3) 마틴 씨는 펜션에서 무엇을 하고 싶어 해요? 馬丁先生想在民宿做什麼?

2 **민박을 하려고 합니다. 민박집 주인에게 궁금한 것을 써 보세요.**

想預約民宿。請寫給民宿主人想了解的事項。

날개 달기 展翅高飛

객실을 예약할 때 무엇을 먼저 생각해요? 친구와 이야기하세요.
預約客房時，最先想到什麼？請和朋友説看看。

저는 화장실이 두 개였으면 좋겠어요.
작년에 가족과 여행을 갔는데 화장실이
한 개밖에 없어서 불편했어요. 그리고
가까운 곳에 가게가 있었으면 좋겠어요.

我希望有兩間洗手間。去年和家人去旅行，
但洗手間只有一間，很不方便。還有，希望
在不遠的地方能有商店。

표현 넓히기 拓展表達

〈비행기예약〉 [飛行機預約]
＜預約飛機＞

국내선	국제선	
• 구간	• 왕복(Round Trip)　○ 편도(Oneway Trip)　○ 다구간(예: 서울-런던, 로마-서울)	
• 출발 도시	서울(인천) ⌄	출국일 ▦
• 도착 도시	[　　] 찾기	귀국일 ▦ ○ 귀국일 미확정
• 좌석 등급	일반석 ⌄	비즈니스석 ⌄ 일등석 ⌄
• 인원	성인(만 12세 이상)1명 ⌄	소아(만 2세~ 만 12세 미만)0명 ⌄ 유아(만 2세미만)0명 ⌄

출발도시: 출발할 때 비행기를 타는 도시예요.
出發都市：出發時搭機的都市。

도착도시: 가려고 하는 도시예요.
抵達都市：想去的都市。

출국일 : 비행기를 타고 출발하는 날짜예요.
出國日：搭機出發的日期。

귀국일 : 비행기를 타고 돌아오는 날짜예요.
歸國日：搭機返回的日期。

좌석등급: 앉을 자리를 골라요.
座位等級：選擇要乘坐的位置。

인원 : 여행을 갈 사람 수예요.
人員：同行的人數。

〈호텔예약〉 [hotel預約]
＜預約飯店＞

지역 : 호텔이 있는 곳이에요. [地域] [hotel]
地區：飯店所在地。

입실일 : 호텔에 들어가는 날짜예요. [入室日] [hotel]
入住日：入住飯店的日期。

퇴실일 : 호텔에서 나오는 날짜예요. [退室日] [hotel]
退房日：飯店退房的日期。

객실 : 자려고 하는 방의 종류예요. [客室] [房] [種類]
客房：想入住的房型。

숙박 인원: 잠을 자는 사람 수예요. [宿泊 人員] [數]
入住人員：入住的人數。

호텔 검색	
• 지역	[　　　　　　　　　]
• 여행 일정	입실일 [　] ▦　　퇴실일 [　] ▦　1박 ⌄
• 객실	침대방 1 ⌄　온돌방 - ⌄
• 숙박 인원	1 ⌄

문화 알기 認識文化

전주 한옥마을
全州 韓屋村

전북 전주시 완산구
全北 全州市 完山區

노송광장로 10길
老松廣場路 10街

063-281-2114
http://tour.jeonju.go.kr

북촌 한옥마을
北村 韓屋村

서울특별시 종로구
首爾特別市 鍾路區

계동길 104-3
桂洞路 104-3

02-744-0536
http://bukchon.seoul.go.kr

안동 하회마을
安東 河回村

경상북도 안동시 풍천면
慶尙北道 安東市 豊川面

하회리 749-1번지
河回里 749-1號

054-853-0109
http://www.hahoe.or.kr

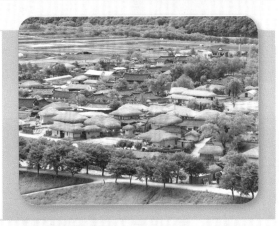

강릉 선교장
江陵船橋莊

강원도 강릉시
江原道 江陵市

운정동 431번지
雲亭洞 431號

033-646-3270
http://www.knsgj.net

學習目標　學會申辦存摺和換錢

文法重點

-으려고(요)　　-은 후에　　이든지
想要～　　　　　～之後　　　無論是～

(아무리) -어도　-지 못하다
再怎麼～也　　　沒辦法～

學習準備

은행에 주로 무엇을 하러 가요?
主要去銀行做什麼呢？

은행에서 통장을 만들려면 무엇이 필요해요?
想在銀行開戶的話，需要有什麼呢？

통장하고 체크카드를 만들려고요
我想申辦存摺和金融卡

🎵 Track 16

직원 어서 오세요. 무엇을 도와 드릴까요?
eo.seo.o.se.yo- mu.eo.seul- to.wa- teu.lil.gga.yo

에린 통장하고 체크카드를 만들려고요. 외국인도 만들 수 있지요?
ttong.jang.ha.go- che.kkeu.kka.deu.leul- man.deul.lyeo.go.yo- oe.gu.gin.do- man.deul- su- it.jji.yo

직원 네, 신분증하고 도장이 있으면 누구든지 만들 수 있습니다.
ne- sin.bun.jeung.ha.go- to.jang.i- i.sseu.myeon- nu.gu.deun.ji- man.deul- su- it.sseum.ni.da

에린 도장이 없는데 어떡하지요?
to.jang.i- eom.neun.de- eo.ddeo.kka.ji.yo

직원 도장이 없으면 서명도 괜찮습니다.
to.jang.i- eop.sseu.myeon- seo.myeong.do- kwaen.chan.seum.ni.da

에린 카드를 만든 후에 바로 사용할 수 있어요?
kka.deu.leul- man.deun-hu.e- pa.lo- sa.yong.hal- su- i.sseo.yo

직원 그럼요. 하지만 잔액이 부족하면 카드가 있어도 사용하지 못합니다.
keu.leo.myo- ha.ji.man- cha.nae.gi- pu.jo.kka.myeon- kka.deu.ga- i.sseo.do- sa.yong.ha.ji- mo.ttam.ni.da

만들어 드릴까요?
man.deu.leo- teu.lil.gga.yo

에린 네, 만들어 주세요.
ne- man.deu.leo- chu.se.yo

직원 잠시만 기다리세요.
cham.si.man- ki.da.li.se.yo

職員 歡迎光臨。請問需要幫您什麼？
愛琳 我想申辦存摺和金融卡。外國人也可以申請吧？
職員 是的，只要有身份證和印章，任何人都可申請。
愛琳 可是我沒有印章，該怎麼辦？
職員 沒有印章的話，簽名也可以。

愛琳 卡片申請之後，馬上就能使用嗎？
職員 當然。但若餘額不足，即使有卡片，也無法使用。需要為您申辦嗎？
愛琳 好的，請幫我申辦。
職員 請稍等一下。

본문 확인하기
確認課文

에린 씨는 은행에 왜 갔어요? 愛琳小姐為什麼去銀行？

통장을 만들려면 무엇이 필요해요? 想要開戶的話，需要有什麼呢？

어휘와 표현
詞彙和表達

[通帳] 통장 ttong.jang 存摺	[check card] 체크카드 che.kkeu.kka.deu 金融卡	[外國人] 외국인 oe.gu.gin 外國人
[圖章] 도장 to.jang 印章	누구든지 nu.gu.deun.ji 無論任何人	바로 pa.lo 馬上
[使用] 사용하다 sa.yong.ha.da 使用	[殘額] 잔액 cha.naek 餘額	[不足] 부족하다 pu.jo.kka.da 不足

-는데 어떡하지요?
neun.de- eo.ddeo.kka.ji.yo
可是～，怎麼辦？

[通帳]
통장을 만들다
ttong.jang.eul- man.deul.da
開戶

[internet banking]
인터넷뱅킹을 하다
in.tteo.net.bbaeng.kking.eul- ha.da
使用網路銀行

돈을 찾다
to.neul- chat.dda
提款

돈을 넣다
to.neul- neo.tta
存款

돈을 보내다
to.neul- po.nae.da
匯款

돈을 받다
to.neul- pat.dda
入帳

[公課金]
공과금을 내다
kong.gwa.geu.meul- nae.da
繳納帳單

[換錢]
환전하다
hwan.jeo.na.da
換錢

어휘 알기 - 통장과 카드 認識詞彙— 存摺和卡片

(1) ☐

(2) ☐

(3) ☐

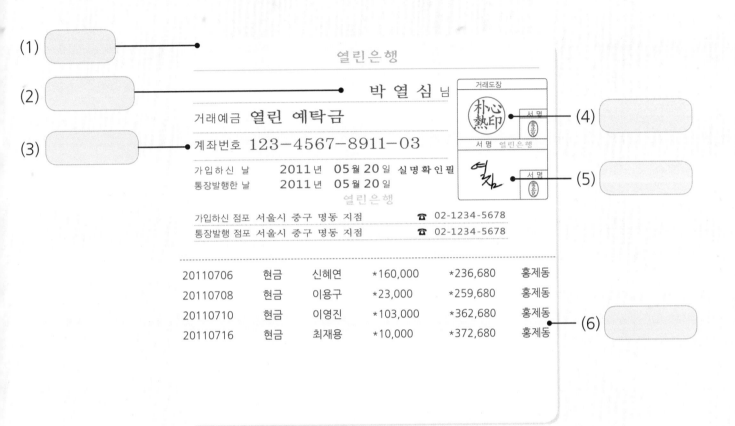

열린은행

박 열 심 님

거래예금 **열린 예탁금**

계좌번호 **123-4567-8911-03**

| 가입하신 날 | 2011년 05월 20일 실명확인필 |
| 통장발행한 날 | 2011년 05월 20일 |

열린은행

| 가입하신 점포 서울시 중구 명동 지점 | ☎ 02-1234-5678 |
| 통장발행 점포 서울시 중구 명동 지점 | ☎ 02-1234-5678 |

20110706	현금	신혜연	*160,000	*236,680	홍제동
20110708	현금	이용구	*23,000	*259,680	홍제동
20110710	현금	이영진	*103,000	*362,680	홍제동
20110716	현금	최재용	*10,000	*372,680	홍제동

거래도장

朴心熱印 서명

서명 열린은행

열심

(4) ☐

(5) ☐

(6) ☐

(7)

(8)

(9)

그림에 맞는 단어를 골라 쓰세요. 請選擇並寫下適合的單字。

| [計座番號]
계좌번호
ke.jwa.beo.no
帳號 | [圖章]
도장
to.jang
印章 | [祕密番號]
비밀번호
pi.mil.beo.no
密碼 | [手續料]
수수료
su.su.lyo
手續費 | [署名]
서명
seo.myeong
簽名 |
| [信用card] [check card]
신용카드/체크카드
si.nyong.kka.deu/che.kkeu.kka.deu
信用卡／金融卡 | | [預金主]
예금주
ye.geum.ju
戶名 | [殘額]
잔액
cha.naek
餘額 | [通帳]
통장
ttong.jang
存摺 |

현금자동입출금기 거래명세표

| | | | |
| 20111124203408402 07AT |
| 20 입금 |
| C |
| 587-197875-001-4859 |
20	05		100000
	100000		1824924
	HU-0061759	1000

-으려고(요) 想要～
→動詞 + - (으) 려고 (요)

動詞	尾音	句型
동사	받침 (O)	-으려고(요)
	받침 (X)	-려고(요)

〈例句〉

가: [洋服] 양복을 왜 샀어요? 為什麼買西裝？
나: [卒業式] 졸업식 때 입으려고 샀어요. 畢業典禮時想要穿。

가: [銀行] 아까 은행에 왜 갔어요? 剛剛為什麼去銀行？
나: [換錢] 환전을 하려고요. 想要換錢。

〈説明〉

- (으) 려고加在動詞後，意思是「想要做～」，表示意圖。後面可以再加上為了達成想要做的事，而採取的行動，也可直接加上요，以 - (으) 려고요作為語尾，表示意圖。將動詞原型的다去掉，若有尾音，加上 - 으려고 (요) ，若無尾音，則加上 - 려고 (요) 。

 문법 익히기 熟悉文法

1 〈보기〉와 같이 쓰세요. 請仿照〈範例〉寫寫看。

〈範例〉
[冊] [圖書館]
책을 빌리다 / 도서관에 가다 借書／去圖書館
[冊] [圖書館]
→ 책을 빌리려고 도서관에 가요.
想借書所以去圖書館

(1)  살을 빼다 / 밥을 조금 먹다 減肥／少吃飯

→

(2)  [海外旅行] 해외여행을 가다 / [銀行] 은행에서 [換錢] 환전을 하다 去海外旅行／在銀行換錢

→

(3)  저녁에 된장찌개를 만들다 / [豆腐] 두부를 사다 晚上煮大醬湯／買豆腐

→

(4)  [韓國] 한국에서 일하다 / [韓國語] 한국어를 [工夫] 공부하다 在韓國工作／學韓語

→

2 〈보기〉와 같이 쓰세요.

〈範例〉

가: 한국어책을 왜 샀어요? 為什麼買韓語書？
[韓 國 語 冊]

나: 한국어를 배우려고요. 想學韓語。
[韓 國 語]

(1) **가**: 돈을 왜 모아요? 為什麼存錢？

나: 차를 　　　　　　　　　　 想買車。
[車]

(2) **가**: 반지를 왜 샀어요? 為什麼買戒指？
[半指]

나: 여자 친구에게 프러포즈를 　　　　　　 想向女友求婚。
[女 子 親 舊]　[p r o p o s e]

(3) **가**: 어제 은행에 왜 갔어요? 昨天為什麼去銀行？
[銀行]

나: 통장을 　　　　　　　　 想開戶。
[通帳]

(4) **가**: 오늘은 왜 버스를 안 타요? 今天為什麼不搭公車？
[bus]

나: 길이 막히니까 지하철을 　　　　 因為路上塞車，想搭地鐵。
[地 下 鐵]

(5) **가**: 두통약을 왜 가지고 다녀요? 為什麼隨身攜帶頭痛藥？
[頭痛藥]

나: 머리가 아플 때 　　　　　　 想要頭痛的時候吃。

(6) **가**: 사진관에 왜 가요? 為什麼去照相館？
[寫真館]

나: 여권 사진을 　　　　　　 想要拍護照照片。
[旅 卷 寫 真]

(7) **가**: 왜 똑같은 신발 두 켤레를 샀어요? 為什麼買兩雙一模一樣的鞋子？

나: 동생하고 같이 　　　　　　 想和弟第一起穿。
[同生]

문법 알기 認識文法

-은 후에 做~之後
→動詞 + -ㄴ / 은 후에

動詞	尾音	句型
동사	받침 (O)	-은 후에
	받침 (X)	-ㄴ 후에

〈例句〉

밥을 먹은^[後] 후에 약을^[藥] 드셔야 돼요. 吃完飯之後，必須服藥。

지하철을^[地下鐵] 탈 때 사람들이 모두 내린 후에^[後] 타세요.
搭地鐵時，等人們都下車之後，再上車。

이 카드는^[card] 등록한^[登錄] 후에^[後] 사용할^[使用] 수 있어요. 這張卡片註冊之後便能使用。

〈説明〉

-ㄴ / 은 후에加在動詞後，意思是「做~之後」，表示時間順序。將動詞原型的다去掉，若有尾音，加上 -은 후에，若無尾音，則加上 -ㄴ 후에。

 문법 익히기 熟悉文法

1 〈보기〉와 같이 쓰세요. 請仿照〈範例〉寫寫看。

〈範例〉

전화번호를^[電話番號] 확인하신^[確認] 후에^[後] 다시 걸어 주세요.

(확인하시다 確認)

請確認電話號碼之後再打。

(1)

비밀번호를^[秘密番號] _____ 별표를^[別表] 눌러 주세요.

(누르다 按下)　　　　請輸入密碼之後，選擇功能。

(2)

학생증을^[學生證] _____ 책을^[冊] 빌릴 수 있습니다.

(만들다 製作)　　　　申辦學生證之後，可以借書。

(3)

치료를^[治療] _____ 약을^[藥] 꼭 받아 가세요.

(받다 接受)　　　　接受診療之後，請記得領藥回去。

(4)

물이 _____ 면과 스프를^[麵] 넣으세요.

(끓다 滾)　　　　水滾之後，請放入麵條和調味包。

2 그림을 보고 '-(으)ㄴ 후에'를 사용해서 문장을 쓰세요.
請看圖片，使用「-（으）ㄴ 후에」完成句子。

[入金] [出金] [選擇]
입금/출금을 선택하세요
請選擇存款／提款。

[card]
카드를 넣으세요
請插入卡片。

[金額]
찾으실 금액을 누르세요
請輸入要提領的金額。

[秘密番號]
비밀번호를 누르세요
請輸入密碼。

[金額] [確認]
금액을 확인하세요
請確認金額。

[card] [明細表]
카드와 명세표를 받으세요
請取回卡片和明細表。

(1) [入金] [出金] [選擇] [後] [card]
입금/출금을 선택한 후에 카드를 넣으세요　選擇存款/提款之後，插入卡片。

(2) [card]
카드를　　　　　　　　　　　　　　　　插入卡片之後，請輸入密碼。

(3)　　　　　　　　　　　　　　　　　　輸入密碼之後，請輸入要提領的金額。

(4)　　　　　　　　　　　　　　　　　　輸入要提領的金額之後，請確認金額。

(5)　　　　　　　　　　　　　　　　　　確認金額之後，請取回卡片和明細表。

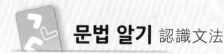

문법 알기 認識文法

무엇이든지	어디든지	어디에서든지	누구든지	언제든지	얼마든지
無論什麼	無論何處	無論在哪裡	無論是誰	無論何時	無論多少

〈例句〉 저는 뭐든지 잘할 수 있습니다. 我無論什麼都可以做得很好。

[旅行]
여행하고 싶은 곳이 있으면 어디든지 가 보세요.

如果有想旅行的地方，無論哪裡都去看看。

[攜帶電話]　　　　　　　　　　[internet]
요즘은 휴대전화로 어디에서든지 인터넷을 할 수 있어요.

最近無論在哪裡都可以用手機上網。

[銀行顧客]　　　　　　　　　　[歡迎]
저희 은행고객이 아니어도 누구든지 환영합니다.

即使不是我們銀行的客戶，無論是誰也都很歡迎。

[必要]　　　　　[連絡]
도움이 필요하면 언제든지 연락하세요.

如果需要幫忙，無輪何時都請連絡。

[飮食]
음식이 많으니까 얼마든지 드세요. 食物很多，無論多少都儘管吃。

〈説明〉

（이）든지是「無論是、不管是」的意思，前面加上疑問名詞무엇（什麼事物）、어디（何處）、누구（誰）、언제（何時）、얼마（多少），表示「無論、不管是〜都無妨」的意思。疑問名詞末字無尾音時，이（是）會省略。무엇이든지和뭐든지意思相同，表示「無論是什麼」，뭐是무엇的省略寫法。

문법 익히기 熟悉文法

1 다음에서 알맞은 것을 골라 〈보기〉와 같이 쓰세요.

請從下列中選出適合的字，仿照＜範例＞寫寫看。

무엇이든지	어디에서든지	(누구든지)	언제든지	얼마든지

〈範例〉
　　　　　　　　　　[韓國語]　　　[工夫]
　가: 저도 여기에서 한국어를 공부할 수 있어요? 我也可以在這裡學習韓語嗎？
　나: 한국어를 배우고 싶은 사람이면 누구든지 여기에서 공부할 수 있어요.

只要是想學韓語的人，誰都可以在這裡學習。

[通帳]
(1) 가: 이 통장은 여기에서만 쓸 수 있어요? 這個存摺只能在這裡使用嗎？

[銀行]　　　　　　　　　　　　　　　[通帳]　　[使用]
　나: 저희 은행이면 　　　　　　　　 이 통장을 사용할 수 있습니다.

只要是我們銀行，不管哪裡都可以使用這個存摺。

[獻物]
(2) 가: 받고 싶은 선물이 있으면 　　　　　　　　 말해 보세요. 有想要的禮物的話，不管什麼都説説看。

[前]　[camera]
　나: 얼마 전에 카메라를 잃어버렸는데요……. 不久之前，我弄丟了相機。

[飮食]
(3) 가: 음식이 맛있네요. 더 먹을 수 있을까요? 食物很好吃。可以再多吃一點嗎？

[飮食]
　나: 음식은 　　　　　　　 있으니까 더 드세요. 食物多的是，請儘管享用。

[時間]
(4) 가: 물어볼 게 많은데 언제 시간이 있으세요? 我有事情想請教，什麼時候有時間呢？

　나: 궁금한 것이 있을 때에는 　　　　　　　 저한테 물어보세요.

有好奇的事情時，隨時都可以問我。

문법 알기 認識文法

(아무리) -어도 （再怎麼）～也還是、即使～也還是
→動詞／形容詞 + （아무리） - 아 / 어 / 해도

詞性	母音	句型
動詞	ㅏ,ㅗ (O)	-아도
	ㅏ,ㅗ (X)	-어도
形容詞	하다	해도

〈例句〉 돈이 많아도 행복[幸福]하지 않은 사람이 있어요.

錢再多，也還是有不快樂的人。

옷을 많이 입어도 추워요. 衣服穿再多，還是很冷。

저는 아무리 피곤[疲困]해도 운동[運動]을 꼭 해요.

我再怎麼累，還是一定要運動。

〈説明〉

（아무리） - 아 / 어 / 해도加在動詞／形容詞後，意思是「再怎麼～，也還是」，其中副詞아무리（再怎麼）可省略。將動詞或形容詞原型的다去掉，若末字的母音為ㅏ,ㅗ，接 - 아도，只要母音非ㅏ,ㅗ，接 - 어도，若屬於하다原型，則將하다改為 - 해도。

 문법 익히기 熟悉文法

1 〈보기〉와 같이 쓰세요.

請仿照＜範例＞寫寫看。

〈範例〉 약[藥]을 먹다 / 감기[感氣]가 낫지 않다 吃藥／感冒沒有好

→ 약[藥]을 먹어도 감기[感氣]가 낫지 않아요. 就算吃了藥，感冒也沒有好。

(1) 도장[圖章]이 없다 / 통장[通帳]을 만들 수 있다 沒有印章／可以開戶

→ _____

就算沒有印章，也可以開戶。

(2) 열심[熱心]히 연습[練習]하다 / 발음[發音]이 좋아지지 않다 認真練習／發音沒有進步

→ _____

就算認真練習了，發音也沒有進步。

(3) 날씨가 덥다 / 에어컨[aircon]을 켜지 않다 天氣熱／不開冷氣

→ _____

就算天氣熱，也不開冷氣。

(4) 일이 바쁘다 / 부모[父母]님께 전화[電話]를 자주 해야 되다 工作忙碌／必須經常打電話給父母

→ _____

就算工作忙碌，也必須經常打電話給父母。

(5) 아파서 입맛이 없다 / 잘 먹어야 되다 不舒服而沒有胃口／好好進食

→ _____

就算不舒服而沒有胃口，也要好好進食。

2 **＜보기＞와 같이 쓰세요.** 請仿照＜範例＞寫寫看。

＜範例＞
가: 책이[冊] 굉장히[宏壯] 두껍네요. 다 읽으려면 오래 걸리겠어요.

書好厚。要讀完的話，應該要花很久時間。

나: 책이 **두꺼워도** 하루에 다 읽을 수 있어요.

就算書再厚，還是可以一天內讀完。

(1) 가: 밤에 일찍 자면 내일은[來日] 늦지 않을 거예요. 晚上早點睡的話，明天應該不會遲到。

나: 저는 아침잠이 많아서 ＿＿＿＿＿＿＿＿＿＿＿ 늦게 일어나요.

我早上很會賴床，就算早睡，也會晚起床。

(2) 가: 호텔이[hotel] 크고 좋네요. 飯店又大又好呢。

나: 아무리 호텔이[hotel] ＿＿＿＿＿＿＿＿＿＿＿ 집처럼[便] 편하지 않아요.

飯店再怎麼大又好，還是不像家裡那麼舒服。

(3) 가: 김치가 맵지 않아요? 泡菜不辣嗎？

나: ＿＿＿＿＿＿＿＿＿＿＿ 맛있어요. 就算辣，還是好吃。

(4) 가: 일이 많아서 힘들어요. 工作好多，好累。

나: 아무리 일이 ＿＿＿＿＿＿＿＿＿＿＿ 포기하지[放棄] 마세요.

工作即使再多，也請不要放棄。

(5) 가: 일기예보를[日氣預報] 보니까 내일[來日] 비가 오겠는데요. 我看氣象預報，明天應該會下雨。

나: 내일[來日] 비가 ＿＿＿＿＿＿＿＿＿＿＿ 등산을[登山] 갈 거예요.

即使明天下雨，還是要去爬山。

(6) 가: 아프리카는[africa] 한국에서[韓國] 너무 멀지 않아요? 非洲離韓國不會太遠嗎？

나: ＿＿＿＿＿＿＿＿＿＿＿ 꼭 가 보고 싶어요. 即使再遠，還是想要去。

(7) 가: 아파 보여요. 병원에[病院] 가 봤어요? 你看起來不舒服。去過醫院了嗎？

나: 아니요. 아무리 ＿＿＿＿＿＿＿＿＿＿＿ 병원에는[病院] 가고 싶지 않아요.

不，就算再不舒服，還是不想去醫院。

문법 알기 認識文法

-지 못하다 沒辦法～、不能～
→動詞 ＋ - 지 못하다

動詞	句型
동사	-지 못하다

〈例句〉

목소리가 작아서 듣지 못했어요. 聲音太小，聽不到。

길이 막혀서 차가 가지 못하네요. 路上塞車，車子動不了。

표가 없으면 안으로 들어가지 못합니다.
沒有票的話，不能進去裡面。

오늘까지 이 일을 끝내지 못하면 안됩니다.
今天之前沒做完這件事的話不行。

〈説明〉

- 지 못하다加在動詞後面，意思是「沒辦法～、不能～」，表示能力不足或條件不允許的意思，屬於敘述句型的否定句。將動詞原型的다去掉，無論有無尾音，一律加上 - 지 못하다。

문법 익히기 熟悉文法

1 〈보기〉와 같이 쓰세요. 請仿照＜範例＞寫寫看。

입다	들어가다	만들다	걷다	입장하다	살다
穿	進去	申辦	走路	進場	生活

〈範例〉
초대장이 없으면 **입장하지 못합니다.** 沒有邀請函的話，不能進場。

(1) 물이 없으면　　　　　　　　　　　　沒有水的話，不能活。

(2) 직원이 아니면　　　　　　　　　　　不是職員的話，不能進去。

(3) 저희 할머니께서는 다리를 다치셔서 잘
我奶奶傷到了腳，不太能走路。

(4) 신분증이 없으면 통장을　　　　　　　沒有身分證的話，不能開戶。

(5) 팔을 다쳐서 혼자 옷을　　　　　　　手臂受傷了，沒辦法自己穿衣服。

🎧 듣기 聽力

1 듣고 질문에 맞는 것을 고르세요. 🎵 Track 17

聽完之後，請根據問題，選出正確答案。

(1) 제임스가 은행에서 하지 않은 것은 무엇이에요?

詹姆士在銀行沒有做的事情是什麼？

① 환전을 했어요.　　　　　　　換錢。

② 카드를 만들었어요.　　　　　申辦卡片。

③ 통장 잔액을 확인했어요.　確認帳戶餘額。

(2) 얼마를 환전했어요?　　　換了多少錢？

① 백오십만 원　　　② 백만 원　　　③ 오십만 원
1百50萬元。　　　　　1百萬元。　　　　50萬元。

2 대화를 듣고 맞으면 ◯, 틀리면 ✕ 하세요. 🎵 Track 18

請聽對話，對的打O，錯的打X。

(1) 친구에게 돈을 보낼 거예요.　　　　　　　(　　)

要匯錢給朋友。

(2) 돈을 보내려면 신분증이 필요해요.　　　　(　　)

想匯錢的話，需要身份證。

(3) 돈을 보낼 때 수수료를 내야 돼요.　　　　(　　)

匯錢時，必須付手續費。

(4) 친구에게서 삼십만 원을 받았어요.　　　　(　　)

從朋友那裡收到30萬元。

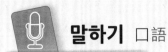

말하기 口語

직원과 손님이 되어서 이야기하세요. 請當職員和客人，練習說看看。

〈範例〉

직원: 어서 오세요, 무엇을 도와 드릴까요?

손님: 통장을 만들려고요.

직원: 신분증 하고 도장이 있으세요?

손님: 도장이 없는데요.

직원: 그러면 서명을 하셔도 돼요.

손님: 그럼, 통장을 만들어 주세요.

직원: 잠시만 기다리세요.

職員：歡迎光臨。請問需要什麼服務？
客人：我想開戶。
職員：請問有身份證和印章嗎？
客人：我沒有印章。
職員：那麼也可以簽名。
客人：那麼，請幫我開戶。
職員：請稍等一下。

〈範例〉

통장을 만들다 開戶

신분증 / 도장 身份證／印章

도장이 없다 沒有印章

서명을 하다 簽名

통장을 만들다 開戶

(1) 환전하다 換錢

통장 / 여권 存摺／護照

여권이 없다 沒有護照

외국인등록증을 내다
繳交外國人登陸證

70만 원을 환전하다
換70萬元

(2 돈을 보내다 匯款

신분증 / 통장 身份證／存摺

통장이 없다 沒有存摺

체크카드를 내다 繳交金融卡

5만 원을 보내다 匯款15萬元

(3) 돈을 찾다 提款

통장 / 도장 存摺／印章

도장이 없다 沒有印章

서명을 하다 簽名

23만 원을 찾다 提款23萬元

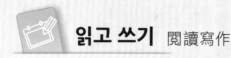

읽고 쓰기 閱讀寫作

1 읽고 질문에 답하세요. 請閱讀並回答問題。

부자가 되는 저축

얼마 동안: 36개월 [個月]

얼마씩: 매월 1천원부터 [每月] [千元]
　　　　30만원 까지 [萬元]

이자: 연 3.2% [利子] [年]

*1년 동연 수수료무료 [年] [手續料無料]

變成富翁的儲蓄
為期多久：36個月
多少錢：每月至少1千元
　　　　最多30萬元

利息：年3.2%
*1年免手續費

(1) 위의 글은 무슨 상품을 소개하는 광고예요?　　以上內容是介紹什麼商品的廣告？

(2) 저축하면 1년 동안 어떤 좋은 점이 있어요?　　儲蓄的話，1年享有什麼優惠？

2 여러분은 저축을 해요? 왜 저축해요? 글을 써 보세요.
　　各位會儲蓄嗎？為什麼儲蓄？請試著寫文章看看。

$$..$$

$$..$$

$$..$$

$$..$$

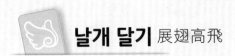 **날개 달기** 展翅高飛

친구와 이야기하세요. 和朋友說看看。

	나 我	_____씨 ___先生／小姐
(1) 은행에는 주로 무엇을 하러 가요? 主要去銀行做什麼呢？	주로 돈을 찾으려고 은행에 가요. 主要去銀行換錢。	
(2) 여러분의 나라에서는 통장을 만들려면 무엇이 필요해요? 在各位的國家，想開戶的話，需要有什麼？		
(3) 환전을 해 봤어요? 환전을 하려면 무엇이 필요해요? 有換過錢嗎？ 想換錢的話，需要有什麼？		
(4) 은행에서 돈을 빌려 봤어요? 왜 빌렸어요? 向銀行借過錢嗎？ 為什麼借錢？		
(5) 여러분은 저축을 해요? 왜 저축을 해요? 各位有存錢嗎？ 為什麼存錢？		

표현 넓히기 拓展表達

1 입금전표[入金傳票]: 은행에서 통장에 돈을 넣거나 다른 사람에게 돈을 보낼 때 사용하는 종이예요.

存款單：在銀行將金錢存入帳戶，或匯錢給他人時，所使用的紙張。

입금하실 때 (무통장.타행환.수표발행)																	
계 좌 번 호														신 청 인		☎
금 액	천억	백억	십억	억	천만	백만	십만	만	천	백	십	원		주민등록번호		–
														대 리 인		☎
예 금 주 (받으실분)														주민등록번호		–
	은행					지점								본인과의 관계		

(1) 계좌번호[計座番號]: 돈을 받을 사람의 통장번호[通帳番號]예요.　　帳號：入帳者的帳戶號碼。

(2) 금액[金額]: 얼마를 보낼 거예요? 쓰세요.　　金額：要匯多少錢呢？請填寫。

(3) 입금은행[入金銀行]: 돈을 보낼 은행[銀行]의 이름이에요.　　匯入銀行：匯入的銀行名字。

(4) 예금주[預金主][通帳主人]: 통장주인이나 돈을 받을 사람의 이름이에요. 存款人：帳戶主人或收款人的名字。

(5) 신청인[申請人]: 돈을 보내는 사람의 이름이에요.　　申請人：匯錢者的名字。

(6) 주민등록번호[居民登錄番號]: 신분증[身份證]의 번호[番號]예요.　　居民登錄號碼：身份證的號碼。

2 출금전표[出金傳票]: 은행에서 돈을 찾을 때 사용하는 종이예요.

提款單：在銀行領錢時使用的紙張。

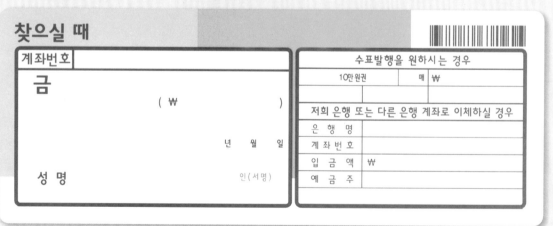

(1) 계좌번호[計座番號]: 돈이 들어 있는 통장번호[通帳番號]예요.　　(3) 성명[姓名]　　:통장주인[通帳主人]의 이름을 써요.
帳號：存款的帳戶號碼。　　姓名：填寫帳戶主人的名字。

(2) 금액[金額]　　: 얼마를 찾고 싶어요? 쓰세요.　　(4) 인/서명[印][署名][圖章][署名]: 도장을 찍거나 서명을 해요.
金額：想領多少錢呢？請填寫。　　用印／簽名：蓋章或簽名。

문화 알기 認識文化

[入金過程]
입금과정
存款過程

① 입금버튼을 눌러요.
按下存款鍵。

[card]
② 카드를 넣어요.
插入卡片。

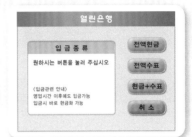

[現金] [手票button]
③ 현금이나 수표버튼을 눌러요.
按下現金或支票鍵。

④ 돈을 넣어요.
放入紙鈔。

[金額] [確認] [後]
⑤ 금액을 확인한 후
[確認button]
확인버튼을 눌러요.
確認金額之後，按下確認鍵。

[card] [明細表]
⑥ 카드와 명세표를 받아요.
取回卡片和明細表。

[出金過程]
출금과정
提款過程

[出金button]
① 출금버튼을 눌러요.
按下提款鍵。

[card]
② 카드를 넣어요.
插入卡片

[祕密番號]
③ 비밀번호를 눌러요.
輸入密碼。

[金額]
④ 찾을 금액을 누르고
[確認button]
확인버튼을 눌러요.
輸入要提款的金額，按下確認鍵。

[金額] [手續料] [確認]
⑤ 금액과 수수료를 확인해요.
確認金額和手續費。

[card] [明細表]
⑥ 카드와 명세표를 꺼내면
돈이 나와요.
取回卡片和明細表之後，即可領出紙鈔。

7과 아르바이트
打工

學習目標 學會敘述打工經驗

文法重點

-었을 때 當～的時候	-은 적이 있다/없다 有／沒有～的經驗
-겠- 將會～	때문에 因為 -기 때문에 因為

學習準備

아르바이트를 해 본 적이 있어요?
曾經有打工的經驗嗎？

어떤 일을 해 봤어요? 그 일이 어땠어요?
做過什麼樣的工作？那份工作怎麼樣？

아르바이트를 한 적이 있어요?
曾經有打工的經驗嗎？

 **Track 19**

바 트 안녕하세요. 아르바이트 모집 광고를 보고 왔습니다.
an.nyeong.ha.se.yo- a.leu.ba.i.tteu- mo.jip- gwang.go.leul- po.go- wat.sseum.ni.da

사장님 그래요? 여기 앉으세요. 아르바이트를 한 적이 있어요?
keu.lae.yo- yeo.gi.an.jeu.se.yo- a.leu.ba.i.tteu.leul- han- jeo.gi- i.sseo.yo

바 트 고향에 있었을 때는 해 본 적이 있지만 한국에서는 처음입니다.
ko.hyang.e- i.sseo.sseul-dae.neun- hae-bon- jeo.gi- it.jji.man- han.gu.ge.seo.neun- cheo.eu.mim.ni.da

사장님 우리는 경험이 있는 사람이 필요해요.
u.li.neun- kyeong.heo.mi- in.neun- sa.la.mi- ppi.lyo.hae.yo

바 트 경험은 없지만 열심히 하겠습니다.
kyeong.heo.meun- eop.jji.man- yeol.si.mi- ha.get.sseum.ni.da

사장님 처음이기 때문에 시급을 많이 줄 수 없는데 괜찮아요?
cheo.eu.mi.gi- ddae.mu.ne- si.geu.beul- ma.ni- jul- su- eum.neun.de- kwaen.cha.na.yo

바 트 괜찮습니다.
kwaen.chan.seum.ni.da

사장님 그럼 한 시간에 5,500원으로 하고 다음 주부터 나오세요.
오전 10시까지 오면 돼요.
keu.leom- han- si.ga.ne- o.cheo.no.bae.gwo.neu.lo- ha.go- ta.eum- ju.bu.tteo- na.o.se.yo

o.jeon- yeol.si.gga.ji- o.myeong- dwae.yo

바 트 감사합니다! 그럼 다음 주에 뵙겠습니다. 안녕히 계세요.
kam.sa.ham.ni.da- keu.leom- ta.eum- ju.e- poep.gget.sseum.ni.da- an.nyeong.hi- ke.se.yo

巴特 您好。我是看了徵工讀生廣告來的。	老闆娘 因為是新手，沒辦法給你很高的時薪，可以嗎？
老闆娘 這樣啊？請坐這裡。你有打過工嗎？	巴特 沒關係。
巴特 在家鄉時有打過工，但在韓國是第一次。	老闆娘 那麼就一小時5,500元，請從下週開始上班。
老闆娘 我們需要有經驗的人。	上午10點前到就可以了。
巴特 雖然我沒有經驗，但我會很努力的。	巴特 謝謝您！那麼下週見。再見。

본문 확인하기
確認課文

바트 씨는 아르바이트를 해 본 적이 있어요?
巴特先生有打工的經驗嗎？

바트 씨는 언제부터 아르바이트를 시작할 거예요?
巴特先生從何時開始上班？

어휘와 표현
詞彙和表達

[募集] 모집 mo.jip 徵人	처음 cheo.eum 第一次	[經驗] 경험 kyeong.heom 經驗	[熱心] 열심히 하겠습니다 yeol.si.mi- ha.get.sseum.ni.da 我會努力的
[時給] 시급 si.geup 時薪	나오다 na.o.da 出勤	뵙다 poep.dda 拜訪	___에 뵙겠습니다 e- poep.get.sseum.ni.da 到~時見

어휘 알기 - 아르바이트 모집 광고 認識詞彙－打工招募廣告

아르바이트 모집
（打工招募）

모집 설명 （招募説明）
mo.jip- seol.myeong

모집 인원: 남자 0명, 여자 0명
（招募人員：男生0位，女生0位）

연　　령: 20대
（年齡：20代）

학　　력: 고졸 이상
（學歷：高畢以上）

급　　여: 시급 5,000원
（待遇：時薪5,000元）

경력 사항: 유경험자
（經歷事項：有經驗者）

> 스무 살부터 스물아홉 살까지예요.
> 20歲到29歲。

> 고등학교를 졸업한
> 사람부터 일할 수 있어요.
> 至少高中畢業的人可以應徵。

> 한 시간에 5,000원을 받을 수 있어요.
> 1小時可以獲得5,000元。

> 일을 해 본 사람
> 有工作過的人。

전형 방법 遴選方法
cheo.nyeong- pang.beop

1차. 서류 심사
（第1階段，書面審查）

2차. 면접
（第2階段，面試）

> 먼저 서류를 본 후에
> 인터뷰를 해요.
> 先進行書面審查之後，
> 再進行面試。

제출 서류 繳交資料
che.chul- seo.lyu

ㄱ. 이력서
（履歷表）

ㄴ. 자기소개서
（自我介紹信）

ㄷ. 자격증(※운전면허증)
資格證照（※駕照）

> 운전할 수 있어요.
> 會開車。

구인 기간 徵人期間
ku.in- gi.gan

6.15. ~ 7.15.

> 6월 15일부터 7월 15일까지연락하세요.
> 請在6月15日到7月15日之間連絡。

특이 사항 特殊事項
tteu.gi- sa.hang

영어 능통자 우대
（英文流利者從優）

> 영어를 잘하는
> 사람을 찾아요.
> 尋找英文流利的人。

연락처 連絡處
yeol.lak.cheo

010-1234-5678

이메일: oakle@kfvn.com

어휘 알기 - 아르바이트 認識詞彙－打工

[注油]
주유하다
chu.yu.ha.da
加油

[複寫] [印刷]
복사/인쇄하다
pok.ssa/in.swae.ha.da
影印

[課外]
과외하다
kwa.oe.ha.da
家教

[配達]
배달하다
pae.da.la.da
送貨

[接受]
접수를 받다
cheop.ssu.leul- pat.dda
櫃臺服務

[商談]
상담하다
sang.da.ma.da
商談

[通譯] [翻譯]
통역/번역하다
ttong.yeok/peo.nyeo.kka.da
口譯／翻譯

[注文]
주문을 받다
chu.mu.neul- pat.dda
點餐服務

[販賣]
판매하다
ppan.mae.ha.da
銷售

문법 알기 認識文法

詞性	母音／尾音	句型
動詞 形容詞	ㅏ, ㅗ (O)	-았을 때
	ㅏ, ㅗ (X)	-었을 때
	하다	했을 때
名詞	尾音 (O)	이었을 때
	尾音 (X)	였을 때

> **-었을 때** 當～的時候
> →動詞／形容詞／名詞 + - 았 / 었 / 했을 때, 이었 / 였을 때

〈例句〉 장학금을 받았을 때 기분이 정말 좋았어요.
[獎學金] [氣分] [正]
當拿到獎學金的時候，心情真的很好。

저는 어렸을 때 꿈이 선생님이었어요.
[先生]
我小時候的夢想是當老師。

한국에 도착했을 때 날씨가 많이 추웠어요.
[韓國] [到著]
當到達韓國的時候，天氣好冷。

〈説明〉

- 았 / 었 / 했을 때, 이었 / 였을때加在動詞／形容詞／名詞後，表示過去經驗和狀況，意思是「當～的時候」。注意前後句子的時態皆需使用過去式。加在動詞／形容詞後時，將原型다去掉，若末字的母音為ㅏ, ㅗ, 加上 - 았을때，只要母音非ㅏ, ㅗ, 加上 - 었을時，若屬於하다原型，則將하다改為 - 했을時。加在名詞 + 이다 (是) 時，若名詞末字有尾音，將이다 (是) 改為이었을 때，若無尾音，則改為였을 때。

문법 익히기 熟悉文法

1 〈보기〉와 같이 알맞은 것을 연결하고 '-았을/었을 때'를 사용해서 쓰세요.
請仿照〈範例〉，連結適合的部分並使用「 - 았을 / 었을 때」寫句子。

〈範例〉 **처음 김치를 먹다** • ————————— • **너무 맵다**
第一次吃到泡菜　　　　　　　　　　　　　　　　　　太辣

(1) 할머니께서 돌아가시다 •
奶奶過世

(2) 친구 가 약속시간에 늦다 •
[親舊] [約束時間]
朋友約會遲到

(3) 어제 백화점에 가다 •
[百貨店]
昨天去百貨公司

(4) 작년에 한국에 오다 •
[昨年] [韓國]
去年來韓國

(5) 한국어를 처음 공부하다 •
[韓國語] [工夫]
第一次學韓語

• 가방을 사다
買包包

• 제일 슬프다
[第一]
最難過

• 제주도에 가 보다
[濟州島]
去濟州島看看

• 발음이 어렵다
[發音]
發音很難

• 친구에게 화를 내다
[親舊] [火]
對朋友生氣

〈範例〉 처음 김치를 먹었을 때 너무 매웠어요. 第一次吃泡菜的時候，很辣。

(1)

(2)

(3)

(4)

(5)

2 다음에서 알맞은 단어를 골라 〈보기〉와 같이 쓰세요.
請從下列中選出適合的字，仿照＜範例＞寫寫看。

가다[去]	**오다**[來]	**잃어버리다**[遺失]	**고장이 나다**[故障]	**고등학생이다**[高等學生][是高中生]

〈範例〉
가: 이 옷을 언제 샀어요? 這衣服什麼時候買的？
나: 한국[韓國]에 여행[旅行] **갔을 때** 샀어요. 去韓國旅行的時候買的。

(1) **가**: 이 사진[寫真]을 언제 찍었어요? 這照片什麼時候照的？

　　나: 　　　　　　　　　찍었어요. 高中的時候照的。

(2) **가**: 마틴 씨는 언제 만난 친구[親舊]예요? 馬丁先生是什麼時候遇見的朋友？

　　나: 작년[昨年]에 한국[韓國]에 　　　　　　　만난 친구[親舊]예요. 去年來韓國時遇見的朋友。

(3) **가**: 언제 제일[第一] 슬펐어요? 什麼時候最難過？

　　나: 한 장[張]밖에 없는 가족사진[家族寫真]을 　　　　　　　제일[第一] 슬펐어요.
弄丟唯一一張的家人照片時，最難過。

(4) **가**: 언제 애프터서비스[after service]를 받아요? 什麼時候獲得售後服務？

　　나: 　　　　　　　　애프터서비스[after service]를 받아요. 故障的時候獲得售後服務。

3 〈보기〉와 같이 쓰세요. 請仿照＜範例＞寫寫看。

〈範例〉
가: 언제 기분[氣分]이 제일[第一] 좋았어요? 什麼時候心情最好？
나: 선물[禮物]을 **받았을 때** 기분[氣分]이 제일[第一] 좋았어요. 收到禮物時，心情最好。

(1) **가**: 언제 제일[第一] 기뻤어요? 什麼時候最開心？

　　나:

(2) **가**: 언제 제일[第一] 슬펐어요? 什麼時候最難過？

　　나:

(3) **가**: 언제 부모님[父母]이 보고 싶었어요? 什麼時候想念父母？

　　나:

(4) **가**: 언제 한국어[韓國語]를 공부[工夫]하고 싶었어요? 什麼時候想學韓語？

　　나:

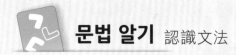

문법 알기 認識文法

-은 적이 있다/없다 有/沒做過～

→動詞 + - ㄴ / 은 적이 있다 / 없다

動詞	尾音	句型
동사	받침 (O)	-은 적이 있다
	받침 (X)	-ㄴ 적이 있다

〈例句〉

가 : 약속 시간에 늦은 적이 있어요 ? 約會時有遲到過嗎？
　　　[約束時間]

나 : 네, 약속 시간에 늦은 적이 있어요. 有，約會時有遲到過。
　　　[約束時間]

가 : 한국에서 아르바이트를 해 본 적이 있어요 ? 在韓國打過工嗎？
　　　[韓國]

나 : 아니요, 해 본 적이 없어요. 不，沒有打過。

〈説明〉

- ㄴ / 은 적이 있다 / 없다表示經驗，意思是「有做過～／沒做過～」。將動詞原型的다去掉，若末字有尾音，接 - 은 적이 있다（有做過），若無尾音，接 - ㄴ 적이 있다（有做過）。語意相反時則改為 - ㄴ / 은 적이 없다（沒做過）。

문법 익히기 熟悉文法

1 〈보기〉와 같이 쓰세요. 請仿照〈範例〉寫寫看。

〈範例〉혼자 여행하다 (O)　獨自旅行
　　　　　　　[旅行]

→ 혼자 여행한 적이 있어요.　曾經獨自旅行。
　　　　[旅行]

(1)  지갑을 잃어버리다 (O)　弄丟皮夾
　　　　　　　　[紙匣]

→ _____ 曾經弄丟皮夾。

(2)  교통사고가 나다 (X)　發生車禍
　　　　　　　　[交通事故]

→ _____ 不曾發生車禍。

(3)  친구를 도와주다 (O)　幫助朋友
　　　　　　　　[親舊]

→ _____ 曾經幫助過朋友。

(4)  김치를 만들다 (O)　做泡菜

→ _____ 曾經做過泡菜。

(5)  한국신문을 읽다 (X)　讀韓國報紙
　　　　　　　　[韓國新聞]

→ _____ 不曾讀過韓國報紙。

2 **〈보기〉와 같이 쓰세요.** 請仿照〈範例〉寫寫看。

〈範例〉 **가:** 어렸을 때 무엇을 배웠어요? (배우다 學習)
小時候曾經學過什麼？

나: 저는 어렸을 때 피아노를 ^[piano] 배운 적이 있어요.
我小時候曾經學過鋼琴。

(1) **가:** 한국에 ^[韓國] 있었을 때 재미있는 ^[滋味] 일이 있었어요? (보다)
在韓國的時候遇過什麼有趣的事？

나: 명동에 ^[明洞] 갔을 때 유명한 ^[有名] 연예인을 ^[演藝人]
去明洞的時候，曾經看到很有名的藝人。

(2) **가:** 고향에 ^[故鄕] 있었을 때 계속 ^[繼續] 부모님과 ^[父母] 함께 살았어요? (살다)
在家鄉的時候，一直都和父母一起住嗎？

나: 아니요. 대학생 ^[大學生] 때 친구와 ^[親舊] 함께 1년정도 ^[年程度]
不，大學生的時候曾經和朋友一起住過一年。

(3) **가:** 편의점에서 아르바이트를 해 봤어요? (해 보다)
曾經在超商打工過嗎？

나: 아니요. 저는 편의점에서 ^[便宜店] 아르바이트를
不，我沒有在超商打過工。

(4) **가:** 오늘 한복을 ^[韓服] 처음 입었어요? (입어 보다)
今天是第一次穿韓服嗎？

나: 아니요. 전에 ^[前] 한복을 ^[韓服]   不，我之前有穿過韓服。

3 **〈보기〉와 같이 쓰세요.** 請仿照〈範例〉寫寫看。

질문	있다	없다
〈範例〉 배낭여행을 하다 背包旅行	V	
(1) 밤 기차를 타다 搭夜車	V	
(2) 가방을 잃어버리다 遺失包包	V	
(3) 식당에서 일하다 在餐廳工作	V	
(4) 길에서 자거나 친구에게서 돈을 빌리다 露宿街頭或向朋友借錢		V

지수 씨는 여행하는 것을 좋아해요. 그래서 여러 나라를 여행했고, 여러 가지 경험을
智秀喜歡旅行。所以去了很多國家，體會了各式各樣的經驗。

해 봤어요. 미국이나 호주, 아프리카에도 가 보았고 〈보기〉 배낭여행을 한 적도 있어요.
去過美國、澳洲、非洲等等地方，也試過背包旅行。

유럽을 여행했을 때는 (1)   . 그렇지만 여행할 때 언제나
去歐洲旅行的時候   但旅行的時候

좋은 일만 있는 것은 아니에요. 한 번은 기차역에서 (2)   .
並不是只有好事情發生。有一次在火車站

그래서 돈을 벌려고 (3)   . 그렇지만 돈이 없어서
所以為了賺錢   但是因為沒錢

所以(4)

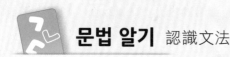

문법 알기 認識文法

-겠- 將要～、將會～

→動詞 + - 겠 -

動詞	尾音	句型
동사	받침 (O)	-겠-
	받침 (X)	

〈例句〉 그럼 다음 주^[週]에 뵙겠습니다. 那麼下週再見。

다음부터는 늦지 않겠어요. 我從下次開始不會遲到。

지금부터 자기소개^[自己介紹]를 시작^[使作]하겠습니다.
現在開始要進行自我介紹。

〈説明〉

- 겠 - 加在動詞後，表示意圖和意向，意思是「將要～、將會～」，屬於未來式句型。將動詞原型的다去掉，無論末字有無尾音，一律加上 - 겠 - 。

문법 익히기 熟悉文法

1 〈보기〉와 같이 쓰세요. 請仿照＜範例＞寫寫看。

〈範例〉

열심히^[熱心] 일하다 認真工作

→ 열심히 일하겠습니다. 我會認真工作。

(1) 약속시간^[約束時間]을 잘 지키다 →　　　　　　　　　我會好好守時。

(2) 친절하게^[親切] 말하다　　→　　　　　　　　　我會親切地說。

(3) 실수하지 않다　　　→　　　　　　　　　我不會犯錯。

(4) 깨끗하게 청소하다^[清掃]　　→　　　　　　　　　我會打掃乾淨。

(5) 인사^[人事]를 잘하다　　→　　　　　　　　　我會好好打招呼。

(6) 항상 밝게 웃다　　→　　　　　　　　　我會常保開朗笑容。

2 **〈보기〉와 같이 쓰세요.** 請仿照＜範例＞寫寫看。

〈範例〉

가: 언제부터 운동[運動]을 할 거예요? (운동을 하다 運動)
什麼時候開始運動？

나: 다음 달부터 운동을 하겠어요. 下個月開始我會運動。

(1) **가:** 언제 담배를 끊을 거예요? (담배를 끊다 戒菸) 什麼時候會戒菸？

　　나: 내년[來年]에는 꼭 _____ 我明年一定會戒菸。

(2) **가:** 내일[來日]도 늦을 거예요? (늦지 않다 不遲到) 明天也會遲到嗎？

　　나: 죄송[罪悚]합니다. 내일은 _____ 對不起。明天我不會遲到。

(3) **가:** 내일은 일찍 일어날 거예요? (일어나다 起床) 明天可以早起嗎？

　　나: 네, 아침에 일찍 _____ 是，我早上會提早起床。

(4) **가:** 내일은 약속[約束]을 지킬 수 있어요? (약속을 지키다 守約) 明天會守約嗎？

　　나: 네, 꼭 _____ 是，我一定會守約。

3 **내년에 무슨 계획이 있어요? 〈보기〉와 같이 쓰세요.**
明年有什麼計劃呢？ 請仿照＜範例＞寫寫看。

〈範例〉

내년에는 배낭여행[背囊旅行]을 하겠습니다.
我明年要背包旅行。

외국어[外國語] 공부[工夫]를 시작[始作]하겠습니다.
我要開始學外語。

(1) _____

(2) _____

(3) _____

(4) _____

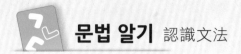 **문법 알기** 認識文法

　　　　　　　　　　　때문에 因為～的關係
　　　　　　→名詞 + 때문에

〈例句〉

[感氣]
감기 때문에 아르바이트를 못 했어요. 因為感冒的關係，不能打工。

눈 때문에 길이 많이 미끄럽습니다. 因為雪的關係，路上很滑。

[宗教]　　　　　　　[飲食]
종교 때문에 안 먹는 음식이 있어요. 因為宗教的關係，有不吃的食物。

〈説明〉

때문에加在名詞後面，意思是「因為～的關係」，用以說明原因。需注意後面的結論句只能使用敍述句型，不能加上命令句型（請～）或勸誘句型（我們一起～）。

 문법 익히기 熟悉文法

1 〈보기〉와 같이 쓰세요. 請仿照＜範例＞寫寫看。

〈範例〉

[登山]
비 / 등산 / 못 가다 雨／爬山／不能去

→ 비 때문에 등산을 못 갔어요.
因為雨的關係，不能去爬山。

(1)

[交通事故]　[會社]
교통사고 / 회사 / 늦다 車禍／公司／遲到

→ _____
因為車禍的關係，晚到公司。

(2)

[帽子]
바람 / 모자 / 날아가다 風／帽子／飛走

→ _____
因為風的關係，帽子飛走了。

(3)

[音樂]
음악 소리 / 말 / 안 들리다 音樂聲／話／聽不到

→ _____
因為音樂聲的關係，話聽不見。

(4)

[熱帶夜]
열대야 / 잠 / 못 자다 熱帶夜／睡眠／不能睡

→ _____
因為熱帶夜氣候，睡不著。

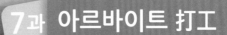

 문법 알기 認識文法

-기 때문에 因為～的關係
→動詞／形容詞／名詞 + - 기 때문에 / (이) 기 때문에

詞性	時態	句型
動詞 形容詞	現在	-기 때문에
	過去	-았/었기 때문에 했기 때문에
名詞	現在	(이)기 때문에
	過去	이었/였기 때문에

〈例句〉

[每日]
매일 늦게까지 일하기 때문에 여자친구를 거의 못 만나요. [女子親舊]

每天都工作到很晚的關係，幾乎沒辦法見女朋友。

[昨年]
작년에는 시간이 없었기 때문에 여행을 갈 수 없었습니다. [時間] [旅行]

去年因為沒時間的關係，沒辦法去旅行。

[學生]
학생이기 때문에 할인을 받을 수 있어요. 因為是學生，可以打折。 [割引]

〈説明〉

- 기 때문에加在動詞／形容詞後，表示現在：將原型다去掉，有無尾音，都接 - 기 때문에；表示過去：看末字母音，選擇加上 - 았 / 었 / 했기 때문에。加在名詞 + 이다（是）後，表示現在：名詞末字有尾音，接 - 이기 때문에，無尾音接 - 기 때문에。表示過去：名詞有尾音接 - 이었기 때문에，無尾音 - 였기 때문에。需注意後面的結論句只能使用敍述句型，不能加上命令句型（請～）或勸誘句型（我們一起～）。

 문법 익히기 熟悉文法

1 〈보기〉와 같이 쓰세요. 請仿照＜範例＞寫寫看。

비싸다	오다	아프다	멀다	춥다	시험이다 [試驗]
貴	來	不舒服	遠	冷	是考試

〈範例〉
가: 요즘 백화점 세일 기간인데 저하고 같이 쇼핑할래요? [百貨店 sale 期間] [shooping]

最近百貨公司在打折，要不要和我一起購物？

나: 세일해도 시장보다 훨씬 비싸기 때문에 저는 거의 가지 않아요. [sale] [市場]

就算打折，也比市場貴很多的關係，我幾乎不去。

(1) 가: 우산을 항상 가지고 다녀요? [雨傘] 你經常隨身帶著雨傘？

나: 네. 요즘 비가 자주　　　　　　　　　항상 가지고 다녀요.

是，因為最近經常下雨的關係，我經常隨身帶傘。

(2) 가: 아프리카는 날씨가 더우니까 긴 옷이 필요 없겠지요? [africa] [必要] 非洲天氣很熱，應該不需要長袖衣服吧？

나: 아프리카도 밤에는　　　　　　　　　긴 옷을 준비해야 돼요. [africa] [準備]

非洲晚上也會冷的關係，必須準備長袖衣服。

(3) 가: 주말에 부산에 갈래요? [週末] [釜山] 週末要不要去釜山？

나: 다음 주 월요일부터　　　　　　　　　주말에 공부를 해야 돼요. [週月曜日] [週末] [工夫]

下週一開始是考試的關係，我週末得唸書。

(4) 가: 음식이 맛있는데 왜 안 먹어요? [飲食] 食物很好吃，怎麼不吃？

나: 제가 어릴 때 이걸 먹고 굉장히　　　　　　　　　좋아하지 않아요. [宏壯]

我小時候吃了這個而非常不舒服的關係，所以不喜歡。

(5) 가: 아침에 일찍 올 수 있겠어요? 早上有辦法提早來嗎？

나: 집이　　　　　　　　　괜찮습니다. 因為家不遠，可以的。

듣기 聽力

1 **듣고 맞는 것을 연결하세요.** Track 20
請聽對話，連結正確的部分。

| 일해 본 곳
工作過的地方 | | 일한 때
工作時期 | | 일한 이유
工作理由 |

(1) 바트 ·   · 편의점 ·   · 작년 ·   · 집에서 가까웠기 때문에
   巴特   超商   去年   因為離家近

(2) 샤오진 ·   · 지하철역 앞 · · 대학생 때 · · 돈이 필요했기 때문에
   小真   地鐵前   大學生時期   因為需要錢

(3) 지수 ·   · 옷가게 ·   · 여름방학 · · 옷에 관심이 많았기 때문에
   智秀   服飾店   暑假   因為對服裝很有興趣

2 **대화를 듣고 맞으면 ◯, 틀리면 ✕ 하세요.** Track 21
請聽對話，對的打O，錯的打X。

(1) 이 사람은 식당에서 아르바이트를 해 본 적이 있어요.   (   )
這個人有在餐廳打工的經驗。

(2) 월요일에는 오전 9시부터 오후 3시까지 일할 거예요.   (   )
星期一從上午9點到下午3點工作。

(3) 목요일에는 오후 3시부터 10시까지 일할 거예요.   (   )
星期四從下午3點到10點工作。

(4) 이 아르바이트를 하면 한 시간에 6,000원을 받아요.   (   )
做這份工作一小時可以領6,000元。

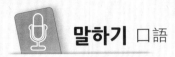

말하기 口語

1 **친구와 이야기하세요.** 和朋友說看看。

질문 問題	나 問題	친구 朋友
(1) 아르바이트를 해 본 적이 있어요? 有打工的經驗嗎?		
(2) 왜 아르바이트를 했어요? 為什麼打工?		
(3) 무슨 일을 해 봤어요? 做過什麼工作?		
(4) 아르바이트를 했을 때 무엇이 좋았어요? 무엇이 힘들었어요? 打工時，喜歡哪一點？辛苦的是什麼?		
(5) 다음에 또 아르바이트를 할 거예요? 어떤 일을 해 보고 싶어요? 以後還會打工嗎? 想做怎樣的工作?		

2 **위에서 이야기한 내용을 아래와 같이 말해 보세요.**
請將上面的內容像下文一樣說看看。

저는 회사에 취직하기 전에 영어 과외를 한 적이 있어요. 취직을 준비하면서 시간이 있었기 때문에 일주일에 두 번 고등학생을 가르쳤어요. 몸은 힘들지 않았지만 수업을 준비하는 것이 생각보다 어려웠어요. 그렇지만 그 학생이 대학에 합격했을 때 정말 기뻤어요. 지금은 한국어를 할 수 있으니까 나중에 통역을 해 보고 싶어요.

我在進入公司工作之前，曾經當過英文家教。準備找工作的同時，因為有時間，一週兩次教導高中生。雖然身體不累，但準備課程比想像中更困難。即使如此，當那位學生考上大學時，我真的很開心。現在我因為會說韓語，以後想試試看口譯工作。

 **읽고 쓰기** 閱讀寫作

1 **읽고 질문에 답하세요.** 請閱讀並回答問題。

[注油所]
열린주유소에서
[家族]
함께 일할 가족을 찾습니다!
[性格]   [健康]   [男女]
성격 좋고 건강한 남녀^^
[經驗者]   [必要]
*경험자가 필요해요~
[時間]   [元]
한 시간에 5,000원

06:00~11:00

[急求]
아르바이트 급구
[時間]   [時]   [時]
시간: 밤 11시~아침 6시
[時給]   [元]
시급: 6,000원
[經驗]   [相關]
경험 없어도 상관없음
[男 學 生 歡 迎]
남학생환영!
[便宜店]
-열린편의점-

基礎加油站
徵求一起工作的家人！
性格好又健康的男女 ^^
*需要有經驗者
一小時5,000元
06：00～11：00

急徵打工
時間：晚上11點～早上6點
時薪：6,000元
無經驗可
歡迎男學生！
—基礎超商—

(1) 위의 광고는 무엇 때문에 만들었어요?
以上的廣告是為了做什麼呢？

(2) 아르바이트를 한 적이 없는 사람도 일할 수 있는 곳은 어디예요?
沒有打工經驗的人也可以工作的地方是哪裡？

(3) 주유소에서 일하면 하루에 얼마를 받아요?
在加油站工作的話，一天可以領多少？

2 **여러분 나라에서는 어떤 아르바이트를 많이 해요? 소개하는 글을 써 보세요.**
各位的國家中，哪類的打工很普遍？請寫出介紹的文章。

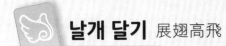 **날개 달기** 展翅高飛

1 아르바이트를 할 사람을 찾을 때 어떤 사람이면 좋겠어요? 그 이유는 뭐예요?
找打工的人時，希望找怎樣的人？理由是什麼？

〈範例〉 지각하지 않는 사람이면 좋겠어요. 아르바이트지만 자신의 일처럼 열심히 하는 사람이 필요하기 때문이에요.
希望是不遲到的人。雖然只是打工，但也需要把工作當成是自己的事，認真工作的人。

〈我的想法〉

-
-
-

2 어떤 회사나 가게에서 아르바이트를 하고 싶어요? 그 이유는 뭐예요?
想在怎樣的公司或商店打工呢？理由是什麼？

〈範例〉 제가 하고 싶은 일과 관계있는 곳이면 좋겠어요. 정말 그 일이 나에게 맞으면 회사에서 일할 때에도 도움이 될 거예요.
我希望在和我想做的工作有關連的地方打工。如果那份工作真的適合我，等我進入公司工作時，應該也會很有幫助。

〈我的想法〉

-
-
-

3 사장과 아르바이트 희망자가 되어 이야기하세요.
試著扮演老闆和打工求職者，對話看看。

표현 넓히기 - 아르바이트 종류 拓展表達 – 打工種類

[賣場管理]
매 장 관리
mae.jang- gwal.li

管理賣場

[serving]
서빙
seo.bing

餐飲服務

[service]
서비스
seo.bi.seu

服務

[技能]
기능
ki.neung

技能

[事務補助]
사무보조
sa.mu- po.jo

業務助理

[商談]
상담
sang.dam

商談

[教育]
교육
kyo.yuk

教育

문화 알기 - 아르바이트 지원서(이력서)

認識文化－打工應徵表（履歷表）

성 명 姓名	김지수 金智秀				
생년월일 出生年月日	1993. 11. 4. (만 세) (滿 歲)			남 ,여 男, 女	
연락처(핸드폰) 連絡方式（手機）	(Tel) / (H.P) 010－2222－1234				
e-mail	jisu93@oakle.co.kr				
현주소 目前地址	(우편번호: －) （郵遞區號：－ ）				

학력사항 學歷狀況	학교명 校名	기간 期間	전공 主修
	열린대학교 基礎大學	201X년~ 201X年	한국어문화학과(재학 중) 韓語文化系（在學中）

아르바이트 경력사항 打工經歷	직장명 公司名	기간 期間	주요 업무 主要工作
	두나 기획 TuNa企畫	201X년 7월~8월 201X年 7月~8月	광고지 배포 發廣告單

지원동기 應徵動機	저는 성격이 밝고 다른 사람들과 쉽게 친해질 수 있습니다.아르바이트 경험은 많지 않지만 뽑아 주시면 정말 열심히 일하겠습니다. 我的個性開朗，很容易和他人相處。雖然我的打工經驗不多，但如果給我機會，我一定會認真工作。
근무시간 上班時間	월요일~금요일 오후 4시~10시 星期一~星期五 下午 4點~10點
희망시급 希望待遇	6,000원 / 시간 6,000元／小時
희망휴일 希望休假日	일요일 星期日

상기 내용은 사실과 같음
以上內容皆為事實

년   월   일   김지수 (인)
年 月 日 金智秀（印）

8과 집 구하기
找房子

💡 **學習目標** 　學會找房子和簽約

文法重點

-고 있다	-은 지 이/가 되다
正在~	已經過了~（時間）
-기	-는 것 같다
名詞化	好像在~

學習準備

지금 사는 곳에 대한 정보를 어디에서 찾았어요?

目前住處的資訊，是從哪裡找到的？

지금 사는 집을 선택한 이유가 뭐예요?

選擇目前住處的理由是什麼？

하숙집이 좋을 것 같아요
寄宿家庭應該不錯

바트 지수 씨, 집을 찾고 있는데 도와줄 수 있어요?
chi.su- ssi- chi.beul- chat.ggo- in.neun.de- to.wa- jul- su- i.sseo.yo

한국에 온 지 얼마 안 돼서 잘 모르겠어요.
han.gu.ge- on- ji- eol.ma- an- dwae.seo- chal- mo.leu.ge.sseo.yo

지수 요즘 집을 구하기가 쉽지 않은 것 같은데 어떤 곳을 찾고 있어요?
yo.jeum- chi.beul- gu.ha.gi.ga- swip.jji- a.neun- geot- ga.tteun.de- eo.ddeon- go.seul- chat.ggo- i.sseo.yo

바트 비싸지 않고 학교에서 가까웠으면 좋겠어요.
pi.ssa.ji-an.kko- hak.ggyo.e.seo- ka.gga.wo.sseu.myeon- cho.kke.sseo.yo

지수 그럼 하숙집이 좋을 것 같은데요. 대학교 근처에 많고 아침하고
keu.leom- ha.suk.jji.bi- cho.eul- geot- ga.tteun.de.yo- tae.hak.ggyo- keun.cheo.e- man.kko- a.chi.ma.go

저녁도 먹을 수 있어요.
cheo.nyeok.ddo- meo.geul- su- i.sseo.yo

바트 아, 한번 들어 본 것 같아요. 어디에서 알아볼 수 있어요?
a- han.beon- teu.leo- bon- geot- ga.tta.yo- eo.di.e.seo- a.la.bol- su- i.sseo.yo

지수 서울시 홈페이지에 들어가거나 학교 근처 부동산에 가 보세요.
seo.ul.si- hom.ppe.i.ji.e- teu.leo.ga.geo.na- hak.ggyo- keun.cheo- pu.dong. sa.ne- ka- bo.se.yo

바트 고마워요. 요리를 잘하는 집주인을 만났으면 좋겠어요.
ko.ma.wo.yo- yo.li.leul- cha- la.neun- chip.jju.i.neul- man.na.sseu.myeon- cho.kke.sseo.yo

---

巴特	智秀小姐，我正在找房子，可以幫我嗎？因為我來韓國沒有多久，不太清楚。	智秀	那麼寄宿家庭應該不錯。大學附近很多，而且也可以吃得到早餐和晚餐。
智秀	最近找房子好像不太容易，你在找什麼樣的地方呢？	巴特	啊，我好像有聽說過。哪裡可以打聽到呢？
巴特	希望不要太貴，又能離學校近一點。	智秀	請上首爾市網頁，或去學校附近的房屋仲介公司。
		巴特	謝謝。如果能遇到很會作菜的房東就太好了。

본문 확인하기
確認課文

바트 씨가 살고 싶은 집은 어떤 곳이에요?
巴特先生想住的房子是怎樣的地方？

집 정보를 어떻게 찾을 수 있어요?
該如何找到房屋資訊？

어휘와 표현
詞彙和表達

[求] 구하다 ku.ha.da 尋求	[下宿] 하숙집 ha.suk.jjip 寄宿家庭	도와줄 수 있어요? to.wa.jul- su- i.sseo.yo 可以幫我嗎？
알아보다 a.la.bo.da 打聽	[home page] 홈페이지 hom.ppe.i.ji 網頁	얼마 안 되다 eol.ma- an- doe.da 沒有多久
[不動產] 부동산 pu.dong.san 房屋仲介公司	[主人] 집주인 chip.jju.in 房東	[求] 집을 구하다 chi.beul- gu.ha.da 找房子

어휘 알기 - 집 구하기(1) 認識詞彙－找房子（1）

1 집의 종류 房子類型
chi.be- chong.nyu

[a p a r t]
아파트
a.ppa.tteu
公寓

[多 世 代 住 宅]
다세대 주택
ta.se.dae- chu.ttaek
透天厝

[下宿]
하숙집
ha.suk.jjip
寄宿家庭

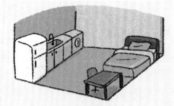

[one room]
원 룸
wol.lum
單人房

[單 獨 住 宅]
단독주택
tan.dok.jju.ttaek
獨棟平房

[自 炊 房]
자취방
cha.chwi.bang
可炊套房

2 평면도 平面圖
ppyeong.myeon.do

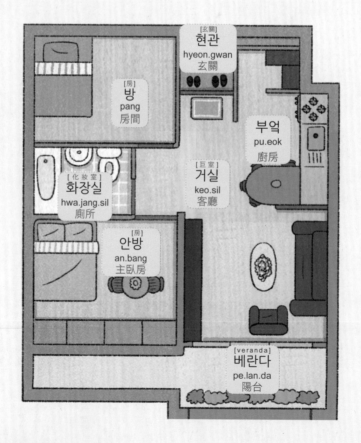

[玄關]
현관
hyeon.gwan
玄關

[房]
방
pang
房間

[廚房]
부엌
pu.eok
廚房

[化 妝 室]
화장실
hwa.jang.sil
廁所

[巨室]
거실
keo.sil
客廳

[房]
안방
an.bang
主臥房

[veranda]
베란다
pe.lan.da
陽台

어휘 알기 - 집 구하기(2)
認識詞彙－找房子（2）

[房] [求]
집/방을 구하다
chip/pang.eul- gu.ha.da

找房子

[契約]
계약하다
ke.ya.kka.da

簽約

[契約金] [中途金] [殘金]
계약금/중도금/잔금을 내다
ke.yak.ggeum/chung.do.geum/chan.geu.meul- nae.da

支付訂金／分期款／尾款

[貰] [管理費] [納付]
집세/관리비를 납부하다
chip.sse/kwal.li.bi.leul- nap.bbu.ha.da

繳納房租／管理費

[手續料]
수수료를 주다
su.su.lyo.leul- chu.da

給予手續費

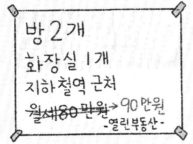

[貰] [房貰]
집세/방세가 오르다
chip.sse/pang.se.ga- o.leu.da

房租上漲

[貰] [房貰]
집세/방세가 내리다
chip.sse/pang.se.ga- nae.li.da

房租下跌

문법 알기 認識文法

> **-고 있다** 正在~
> →動詞 + - 고 있다

動詞	尾音	句型
동사	받침 (O)	-고 있다
	받침 (X)	

〈例句〉 바트 씨가 지금 삼계탕을 먹고 있어요. [蔘雞湯] 巴特先生正在吃人蔘雞。

선생님께서 공원에서 음악을 듣고 계세요. [先生][公園][音樂] 老師正在公園聽音樂。

어제 샤오진 씨가 공원에서 자전거를 타고 있었어요. [公園][自轉駒]
昨天小真小姐當時正在公園騎腳踏車。

피아노를 치고 있는 사람은 제 언니예요. [piano] 正在彈鋼琴的人是我姊。

〈説明〉

- 고 있다加在動詞後,意思是「正在~」,表示現在進行式,或常態性反覆持續的動作。後面的句型若加上過去式,則表示「當時正在~」。將動詞原型的다去掉,無論有無尾音,一律加上 - 고 있다。

 문법 익히기 熟悉文法

1 〈보기〉와 같이 쓰세요. 請仿照＜範例＞寫寫看。

언니 姊姊

〈範例〉

읽다 閱讀

→ 언니가 책을 읽고 있어요. [冊] 姊姊正在讀書。

(1) 친구 朋友 [親舊]
전화를 걸다 打電話 [電話]
→ _____ 朋友正在打電話。

(2) 형 哥哥 [兄]
공부하다 唸書 [工夫]
→ _____ 哥哥正在唸書。

(3) 할아버지 爺爺
주무시다 睡覺
→ _____ 爺爺正在睡覺。

(4) 어머니 媽媽
 빵을 만들다 做麵包
→ _____ 媽媽正在做麵包。

2 〈보기〉와 같이 쓰세요. 請仿照〈範例〉寫寫看。

〈範例〉 **가:** 지금 마틴 씨가 뭘 하고 있어요?
現在馬丁先生正在做什麼？
[父母]　　　　　[便紙]
나: 부모님께 편지를 쓰고 있어요. (쓰다)
正在寫信給父母。

(1) **가:** 요즘 뭘 하고 있어요? (배우다 學習) 最近正在做什麼？

　　 나: _____ 正在學跆拳道。

(2) **가:** 지금 뭘 하고 있어요? (읽다 閱讀) 現在正在做什麼？

　　 나: _____ 正在讀報紙。

[社長]
(3) **가:** 사장님께서 뭘 하고 계세요? (드시다 吃) 請問老闆在做什麼？

　　 나: _____ 正在吃午餐。

[電話]
(4) **가:** 어제 제가 전화했을 때 뭘 하고 있었어요?
(만나다 見面)昨天我給你打電話的時候你在做什麼？

　　 나: _____ 正在見朋友。

[教室]　　[到著]　　　　　[先生]
(5) **가:** 교실에 도착했을 때 선생님께서 뭘 하고 계셨어요?
(말씀하시다 説話)到教室的時候老師在做什麼？

　　 나: _____ 正在説話。

3 다음에서 알맞은 것을 골라 〈보기〉와 같이 쓰세요.
請從下列中選出適合的字，仿照〈範例〉寫寫看。

입다	신다	쓰다	끼다	차다	하다
穿（衣服）	穿（鞋襪）	戴（眼鏡）	戴（手套）	戴（錶）	戴（圍巾）

〈範例〉 코트하고 바지를 입고 있어요.
穿著外套和褲子。

(1) 목도리를 _____ 戴著圍巾。

(2) 안경을 _____ 戴著眼鏡。

(3) 운동화를 _____ 穿著球鞋。

(4) 장갑을 _____ 戴著手套。

(5) 시계를 _____ 戴著手錶。

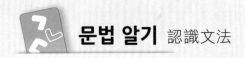

動詞	尾音	句型
동사	받침 (O)	-은 지
	받침 (X)	-ㄴ 지

-은 지 ⬚ 이/가 되다 做～已經過了～（時間）
→動詞 + -ㄴ/은 지 + 時間名詞 + 이/가 되다

〈例句〉
[故鄉][飲食] [個月]
고향 음식을 못 먹은 지 6개월쯤 되었어요.
已經6個月左右沒吃到家鄉菜了。

[結婚] [年]
결혼한 지 5년이 되었어요. 結婚已經5年了。

[韓國]
가 : 한국에 온 지 얼마나 됐어요? 來韓國多久了？

[來年][月][韓國][年]
나 : 내년 3월이면 한국에 온 지 1년이 돼요.
到明年3月的話，來韓國已經1年了。

〈説明〉

-ㄴ/은 지加在動詞後面，表示「做某件事已經～」，後面連接時間名詞 + 이/가 되다，則表示「做某件事已經過了～時間」。將動詞原型的다去掉，若有尾音，加上 -은 지，若無尾音，則加上 -ㄴ 지。

 문법 익히기 熟悉文法

1 표를 보고 〈보기〉와 같이 쓰세요. 請看下表，並仿照＜範例＞寫寫看。

2005. 2.	2007. 8.	2008. 2.	2011. 12.	2012. 1.	2012. 8. (지금)
대학교를 졸업했어요	한국에 왔어요	한국어 공부를 시작했어요	한국 회사에 취직했어요	담배를 끊었어요	한국에 살면서 한국어를 계속 배우고 있어요
大學畢業。	來到韓國。	開始學韓語。	在韓國公司上班。	戒菸。	住在韓國，同時繼續學韓語。

〈範例〉
[大學校][卒業][年半]
대학교를 졸업한 지 7년 반이 되었어요. (졸업하다 畢業)
大學畢業已經7年半了

(1)
[韓國]
(한국에서 살다 在韓國生活)
在韓國生活已經5年了。

(2)
[韓國語]
(한국어를 배우다 學韓語)
學韓語已經4年半了。

(3)
[就職]
(취직하다 上班)
在韓國公司上班已經8個月了。

(4)
(담배를 끊다 戒菸)
戒菸已經7個月了。

(5) 2013년이면
[韓國]
(한국에 오다 來韓國)
到2013年時，來韓國已經6年了。

문법 알기 認識文法

-기 動詞的名詞化
動詞 + -기

動詞	尾音	句型
동사	받침 (O)	-기
	받침 (X)	

가: 취미가 뭐예요? 興趣是什麼？
[趣味]

나: 제 취미는 책 읽기예요. 我的興趣是閱讀。
[趣味][冊]

아침에 일찍 일어나기가 어려워요. 早上早起很困難。

저녁 6시부터 8시까지 운동하기가 올해의 목표예요.
[時][時][運動][目標]
晚上6點到8點運動是今年的目標。

〈説明〉

-기加在動詞後，可以將原本動詞的詞性改為名詞，以作為主詞或受詞等使用。另外，當記載在行事曆、記事、紀錄上或作為提醒文字時，也會使用。將動詞原型的다去掉，無論有無尾音，一律加上 -기。

문법 익히기 熟悉文法

1 〈보기〉와 같이 쓰세요. 請仿照〈範例〉寫寫看。

〈範例〉

가: 취미가 뭐예요? 興趣是什麼？
[趣味]

나: 제 취미는 노래 부르기예요. 我的興趣是唱歌。
[趣味]

(1)

가: 취미가 뭐예요? 興趣是什麼？
[趣味]

나: 　　　　　　　　　 我的興趣是聽音樂。

(2)

가: 취미가 뭐예요? 興趣是什麼？
[趣味]

나: 　　　　　　　　　 我的興趣是騎腳踏車。

(3)

가: 취미가 뭐예요? 興趣是什麼？
[趣味]

나: 　　　　　　　　　 我的興趣是照相。

(4)

가: 취미가 뭐예요? 興趣是什麼？
[趣味]

나: 　　　　　　　　　 我的興趣是集郵。

2 **<보기>와 같이 쓰세요.** 請仿照＜範例＞寫寫看。

〈範例〉
가: 도자기 [陶瓷器] 만들기가 어때요? 捏陶怎麼樣？

나: 어렵지만 정말[正] 재미있어요[滋味]. 雖然難，但真的很有趣。

(1)

가: ＿＿＿＿＿＿＿＿가 어때요? 學跆拳道怎麼樣？

나: 재미있지만[滋味] 조금 힘들어요. 雖然有趣，但有點辛苦。

(2)

가: 한국에서[韓國] ＿＿＿＿＿＿가 어때요? 住韓國怎麼樣？

나: 즐겁지만 가끔 가족들이[家族] 보고 싶어요. 很開心，但有時會想念家人。

(3)

가: ＿＿＿＿＿＿＿＿가 재미있어요[滋味]? 做麵包有趣嗎？

나: 네, 쉽고 재미있어요[滋味]. 是，簡單又有趣。

(4)

가: ＿＿＿＿＿＿＿＿가 힘들지 않아요? 爬山不累嗎？

나: 처음에는 힘들었지만 지금은 괜찮아요. 一開始很累，但現在還好。

3 **다음 글을 읽고 해야 할 일을 쓰세요.** 請閱讀下文，並寫出要做的事。

저는 새 집으로 이사하고 싶어요. 이사하려면 할 일이 많기 때문에 수첩에 써요.
我想搬新家。想搬家的話，有很多事要做的關係，我寫在筆記本上。

(1) 이사할[移事] 집을 찾아야 해요. 要找新家。

(2) 집주인과[主人] 계약하고[契約] 돈을 보내야 해요.
要和房東簽約並匯款。

(3) 이사할[移事] 날짜를 정해야[定] 해요. 要決定搬家日期。

(4) 이삿짐센터에[center] 예약해야[預約] 해요. 要向搬家公司預約。

(5) 짐을 싸야 해요. 要打包行李。

(6) 이사할[移事] 집을 청소해야[清掃] 해요. 要打掃新家。

(7) 이사한[移事] 후에[後] 짐을 정리해야[整理] 해요.
搬家之後要整理行李。

(1) 이사할 집 찾기 找新家	
(2)	和房東簽約、匯款
(3)	決定搬家日期
(4)	向搬家公司預約
(5)	打包行李
(6)	打掃新家
(7)	搬家後整理行李。

문법 알기 認識文法

-는 것 같다 應該～、好像～
→動詞／形容詞／名詞 ＋ -는／ㄴ／은／인 것 같다

詞性	時態	句型
動詞	現在	-는 것 같다
	過去	-(으)ㄴ 것 같다
	未來	-(으)ㄹ 것 같다
形容詞		-(으)ㄴ 것 같다
		-(으)ㄹ 것 같다
名詞		인 것 같다
		일 것 같다

〈例句〉

[韓國]
한국 사람들은 밥을 먹을 때 김치를 꼭 먹는 것 같아요.
韓國人吃飯的時候好像一定要吃泡菜。

[百貨店]　　　　　　[internet]
무엇이든지 백화점보다 인터넷이 싼 것 같아요.
無論什麼東西，網路好像都比百貨公司便宜。

[學校]　　　　　　　[先生]
학교에서 일을 해요. 선생님일 것 같아요.
在學校工作。應該是老師。

〈説明〉

❶加在動詞後，表示現在：將原型的다去掉，-는 것 같다。表示過去：末字有尾音，接 - 은 것 같다，無尾音，接 - ㄴ 것 같다。表示未來：末字有尾音，接 - 을 것 같다，無尾音，接 - ㄹ 것 같다。

❷加在形容詞後，若偏向依自己感想來作推測時，通常接 - (으) ㄹ 것 같다，先將原型的다去掉，末字有尾音，接 - 을 것 같다，無尾音，則接 - ㄹ 것 같다。若依照某種事實根據來作推測時，通常接 - (으) ㄴ 것같다，先將原型的다去掉，末字有尾音，接 - 은 것 같다，無尾音，則接 - ㄴ 것 같다。

❸加在名詞後，則如❷的推測語意，接 - 인 것 같다或 - 일 것 같다。

문법 익히기 熟悉文法

1 〈보기〉와 같이 쓰세요. 請仿照＜範例＞寫寫看。

〈範例〉

[寫真]
사진을 찍고 있어요. 키가 크고 날씬해요.
正在拍照。個子高又苗條。
[model]
모델인 것 같아요. (모델 模特兒) 好像是模特兒。

(1)
[親舊]　　　　　[電話]
친구에게 전화를 했는데 노랫소리가 들려요.
打電話給朋友時，聽得到歌聲。

(노래방 KTV) 好像是KTV。
[房]

(2)
[公演場]
공연장에 사람들이 많이 왔어요. 表演場地來了很多人。
[人氣]
인기 있는　　　　　　　　　　(가수 歌手) 應該是很受歡迎的歌手。
[歌手]

(3)
[冊]
유카 씨의 남편은 아이들과 같이 놀아 주고 책도 많이 읽어 줘요.
由夏小姐的先生會和小孩們一起玩，又常讀書給他們聽。

(좋은 아빠) 應該是個不錯的爸爸。

(4)
[卒業]　[寫真]
지수 씨의 졸업 사진이에요. 是智秀小姐的畢業照。

이분이 지수 씨의　　　　　　(어머니 媽媽)

這位應該是智秀小姐的媽媽。

2 다음에서 알맞은 것을 골라 〈보기〉와 같이 쓰세요.
請從下列中選出適合的字，仿照〈範例〉寫寫看。

없다	파티를 하다 [party]	싸우다	~~잃어버리다~~ [遺失]	자다	입다	도착하다 [到著]	알다
不在	開派對	吵架	遺失	睡覺	穿	到達	認識

〈範例〉

가: 무엇을 찾고 있어요? 가방에 지갑이 없어요? [紙匣]
正在找什麼？包包裡沒有皮夾嗎？

나: 네, 지갑을 잃어버린 것 같아요. 對，我好像弄丟了皮夾。 [紙匣]

(1) **가:** 일 때문에 어제도 잠을 못 잤어요? 因為工作的關係，昨天也沒睡好嗎？

나: 네, 누우면 금방 [今方]

對，如果躺下的話，應該會馬上睡著。

(2) **가:** 생일 축하 노래가 들려요. 聽得到生日快樂歌。 [生日 祝賀]

나: 옆집에서

隔壁應該在開派對。

(3) **가:** 에린 씨가 전화를 안 받아요? 愛琳小姐沒接電話嗎？ [電話]

나: 네, 지금 집에

對，現在應該不在家。

(4) **가:** 명진 씨도 왔어요? 明真小姐也來了嗎？

나: 아니요, 아직 안 왔어요. 10분쯤 후에 [分] [後]

不，還沒來。應該10分鐘左右後會到。

(5) **가:** 어제 산 옷을 왜 안 입고 왔어요? 昨天買的衣服怎麼沒穿來？

나: 옷장에 옷이 없었어요. 아마 동생이 [欌] [同生]

沒有在衣櫥。可能是妹妹穿走了。

(6) **가:** 어제부터 유미코 씨가 영수 씨에게 말을 안 해요. 昨天開始由美子不和英修說話。

나:

應該是吵架了。

(7) **가:** 혹시 마이클 씨를 아세요? 키가 큰 미국 사람요. [或是] [美國]

你或許認識麥可先生？是高個子的美國人。

나: 아, 누군지

啊，我好像知道是誰。

3 다음에서 알맞은 것을 골라 〈보기〉와 같이 쓰세요.
請從下列中選出適合的字，仿照＜範例＞寫寫看。

좁다	빠르다	좋다	바쁘다	어렵다	싸다	크다	작다
窄	快速	好	忙碌	困難	便宜	大	小

〈範例〉

가: 내일 친구하고 [來日] [親舊] 여행을 [旅行] 갈 거예요. 날씨가 좋았으면 좋겠어요.
明天要和朋友去旅行。真希望天氣能很好。

나: 걱정하지 마세요. 하늘을 보니까 내일 [來日] 날씨가 좋을 것 같아요.
請別擔心。看天空的情況，明天天氣應該會很好。

(1) 가: 주말에 [週末] 시간이 [時間] 있으면 같이 영화를 [映畫] 볼래요? 週末有時間的話，要不要一起看電影？

나: 미안해요, [未安] 다음 주 [週] 시험 준비 [試驗 準備] 때문에
對不起。下週因為準備考試的關係，應該會很忙。

(2) 가: 에린 씨의 부모님께서는 [父母] 정말 키가 크세요. [正] 愛琳小姐的父母個子真的很高。

나: 그래서 에린 씨가   所以愛琳小姐才會這麼高。

(3) 가: 백화점에서도 [百貨店] 휴대전화를 [攜帶電話] 팔아요? 百貨公司也有賣手機嗎？

나: 네, 하지만 무엇이든지 백화점보다 [百貨店] 인터넷이 [internet]
對，但是無論是什麼，網路應該都比百貨公司便宜。

(4) 가: 이 옷 어때요? 양준 씨한테 맞을까요? 這件衣服怎麼樣？適合楊準先生嗎？

나: 글쎄요, 양준 씨가 키가 커서
這個嘛，楊準先生個子很高，可能會太小。

(5) 가: 더 큰 침대를 [寢臺] 사는 건 어떨까요? 買個更大的床怎麼樣？

나: 글쎄요. 침대가 [寢臺] 커지면 방이 [房]
這個嘛。床變大的話，房間可能會很窄。

(6) 가: 약속에 [約束] 늦었는데 빨리 가려면 몇 번 버스를 [番] [bus] 타야 돼요?
我約會遲到了，想快點到的話，應該搭幾號公車？

나: 지하철을 [地下鐵] 타는 게 어때요? 버스보다 [bus] 지하철이 [地下鐵]
搭地鐵怎麼樣？和公車比起來，地鐵應該更快。

(7) 가: 공부를 [工夫] 해 보니까 쓰기, 읽기, 듣기, 말하기 중에서 [中] 어느 것이 가장 어려워요?
學了之後，覺得寫作、閱讀、聽力、口語當中，哪個最難？

나:

듣기 聽力

1 듣고 질문에 답하세요. 請聽完並回答問題。 🎵 Track 23

(1) 여자는 무엇을 하려고 해요?   女生想做什麼呢？

    ① 이사하려고 해요.   想搬家。

    ② 집을 팔려고 해요.   想賣房子。

    ③ 자취를 하려고 해요.   想住可炊式套房。

    ④ 친구와 같이 살려고 해요.   想和朋友一起住。

(2) 들은 내용과 같은 것을 고르세요.   請選出和聽到的內容相同的部分。

    ① 남자는 자취를 해요.   男生住自炊房。

    ② 여자는 큰 방을 좋아해요.   女生喜歡大房間。

    ③ 여자는 주택에서 살고 있어요.   女生住在平房。

    ④ 남자는 아파트에서 살고 싶어요.   男生想住在公寓。

2 대화를 듣고 맞으면 ◯, 틀리면 ✕ 하세요. 🎵 Track 24
請聽對話，對的打O，錯的打X。

(1) 여자는 부동산에 전화했습니다.   (　　)

    女生打電話到房屋仲介公司。

(2) 여자는 아파트를 찾고 있습니다.   (　　)

    女生正在找公寓。

(3) 요즘은 방을 구하는 사람이 많습니다.   (　　)

    最近找房子的人很多。

(4) 지금은 좋은 집이 없습니다.   (　　)

    現在沒有好房子。

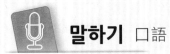

말하기 口語

1 여러분은 어떤 집에서 살고 싶어요? 친구와 이야기하세요.
各位想住怎樣的房子？請和朋友説看看。

질문 問題	나 我	친구 朋友
(1) 무슨 집에서 살고 싶어요? 想住在什麼房子？		
(2) 근처에 무엇이 있었으면 좋겠어요? 希望附近有什麼？		
(3) 방이 몇 개 있었으면 좋겠어요? 希望有幾個房間？		
(4) 방이 어땠으면 좋겠어요? 希望房間怎麼樣？		

2 어떤 집을 찾고 있어요? 부동산에 물어보세요.
在找什麼樣的房子？ 請向房屋仲介問看看。

가: 안녕하세요. 방을 구하고 있어요.

나: 네, 무슨 집을 찾으세요?

가: 저는 아파트를 찾고 있어요.

나: 방은 몇 개 있어야 해요?

가: 방은 2개만 있으면 돼요.

나: 어떤 집이 좋으세요?

가: 저는 깨끗하고 조용한 집이 좋아요.

甲：您好。我正在找房子。
乙：是，請問在找什麼房子？
甲：我正在找公寓。
乙：請問房間需要幾個？
甲：房間只要兩間就可以了。
乙：您喜歡怎樣的房子？
甲：我喜歡乾淨又安靜的房子。

읽고 쓰기 閱讀寫作

1 읽고 질문에 답하세요. 請閱讀並回答問題。

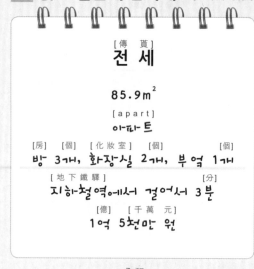

[傳 賣]
전 세

85.9m²

[apart]
아파트

[房] 3개, [個] [化 妝 室] 2개, [個] 부엌 1개 [個]
방 3개, 화장실 2개, 부엌 1개

[地 下 鐵 驛] [分]
지하철역에서 걸어서 3분

[億] [千 萬 元]
1억 5천만 원

全租

85.9㎡

公寓

房間3個、廁所2個、廚房1個

離地鐵站走路3分鐘

1億5千萬元

[月 賣]
월 세

42.9m²

[住 宅]
주택

[one room]
원 룸

[首 爾] [分] [距離]
서울에서 30분 거리

[保 證 金] [月 賣]
보증금 1000 / 월세 50

月租

平房

單人房

離首爾30分鐘距離

保證金1000／月租金50（萬元）

＊註：「全租」為韓國特有的租屋方式。租屋時，租借者付給出租者一筆保證金，之後不用每月給付。等合約期滿後，出租者再將保證金全額退還給租借者。

(1) 위의 광고를 왜 만들었어요? 為什麼有以上的廣告？

(2) 전셋집은 방이 몇 개예요? 全租房的房間有幾個？

(3) 월세를 구하는 사람은 한 달에 얼마를 내야 해요? 找月租的人，一個月必須付多少錢？

2 여러분 나라에서는 집을 구할 때 어떻게 해요? 글을 써 보세요.
大家在自己的國家找房子時，都怎麼做呢？請試著寫看看文章。

날개 달기 展翅高飛

다음 집을 보고 친구와 이야기하세요. 請看下面的房子，和朋友說看看。

이 집에서 살면 어떨 것 같아요?
住在這種房子，感覺會怎麼樣？

이 집은 어디에 있을 것 같아요?
這種房子應該位於哪裡？

이 집에 무엇이 있으면 좋을 것 같아요?
房子裡有什麼會很不錯？

(1)

(2)

(3)

(4)

표현 넓히기 - 집세와 공과금 拓展表達 - 房租和公共費用

집세[貰]를 어떻게 내요?

怎麼付房租？

<2005.3>

<2007.2>

전세[全貰]

全租

월세[月貰]

月租

계약[契約]을 하면 보통[普通] 2년[年] 동안 살 수 있어요. 집주인[主人]에게 돈을 내고 이사[移事]할 때 다시 돈을 받아요.

簽約之後，通常可以住兩年，
付給房東保證金，等搬家時，
可以再次領回。

계약[契約]을 한 후[後]에 매[每]달 집주인[主人]에게 집세[貰]를 보내요. 이사[移事]할 때 돈을 다시 받을 수 없어요.

簽約之後，每個月匯給房東房租，
搬家時不能再領回。

집을 어디에서 구[求]할 수 있어요?

可以從哪裡找房子？

부동산[不動産]

房屋仲介

인터넷[internet]

網路

신문[新聞]

報紙

어떤 공과금[公課金]이 있어요?

有哪些公共費用？

관리비[管理費]

管理費

가스비[gas費]

瓦斯費

전기세[電氣税]

電費

수도세[水道税]

水費

문화 알기 - 집들이 認識文化 – 喬遷派對

1 집들이는? 喬遷派對？

- [移事] 이사해서 새 집으로 들어가는 것

搬新家

- [移事]한 [後]후에 [親戚]친척과 [親舊]친구들을 [招待]초대해서 집을 보여 주고 [飲食]음식을 같이 먹는 일

搬家之後，招待親戚和朋友們來參觀房子，並一起享用食物。

2 집들이 선물 喬遷派對禮物

옛날에는 집들이에 [招待]초대를 받은 사람이 성냥이나 [洋]양초를 [獻物]선물했지만 요즘에는 [洗劑]세제나 [休紙]휴지를 [獻物]선물합니다. 성냥이나 [洋]양초, [洗劑]세제는 [移事]이사한 집의 [運]운이 크게 좋아지는 것을 바라는 [意味]의미가 있습니다.

以前受邀參加喬遷派對的人，會準備火柴或蠟燭當禮物，但近來則送洗滌劑或衛生紙。火柴或蠟燭、洗滌劑，有著祝福新家運氣大大好轉之意。

열린 한국어

您好! 韓國語

初級

3

연습문제 정답 練習問題解答

문법 익히기 熟悉文法

－어도 되다　可以~

p.14 1. (1) 찍어도 돼요? / 사진을 찍어도 돼요.　　(2) 전화해도 돼요? / 전화해도 돼요.
　　　　(3) 들어가도 돼요? / 들어가도 돼요.　　(4) 먹어도 돼요? / 음식을 먹어도 돼요.

p.15 2. (1) 화장실에 가도 돼요?　　　　　　　(2) 음악을 들어도 돼요?
　　　　(3) 사진을 찍어도 돼요?　　　　　　　(4) 음식을 만들어도 돼요?
　　　　(5) 책을 읽어도 돼요?　　　　　　　　(6) 커피를 마셔도 돼요?

－으면 안 되다　如果~的話不行

p.16 1. (1) 커피를 마시면 안 돼요.
　　　　(2) 쓰레기를 버리면 안 돼요.
　　　　(3) 사진을 찍으면 안 돼요.
　　　　(4) 컴퓨터를 쓰면 안 돼요.

p.17 2. (1) 도서관에서 빵을 먹으면 안 돼요.
　　　　(2) 여기에 앉으면 안 돼요.
　　　　(3) 티셔츠를 입어 보면 안 돼요.
　　　　(4) 이름을 안 쓰면 안 돼요.
　　　　(5) 텔레비전을 켜면 안 돼요.

－지 마세요 請不要～、請勿～

p.18 1. (1) 뛰지 마세요.　　　　　　(2) 사진을 찍지 마세요.
　　　　(3) 음식을 먹지 마세요.　　　(4) 주차하지 마세요.

－게 很～（地）

p.19 1. (1) 늦게　　　　(2) 쉽게　　　　(3) 바쁘게　　　　(4) 맵지 않게

ㅅ 불규칙 不規則變化

p.20 1.

		-고 然後	-(으)세요 請～	-아서/어서 ～之後	-았어요/었어요 過去式語尾
낫다	痊癒	낫고	나으세요	나아서	나았어요
짓다	興建	짓고	지으세요	지어서	지었어요
붓다	腫脹	붓고	부으세요	부어서	부었어요
젓다	攪拌	젓고	저으세요	저어서	저었어요
*씻다	洗	씻고	씻으세요	씻어서	씻었어요
*웃다	笑	웃고	웃으세요	웃어서	웃었어요
*벗다	脫	벗고	벗으세요	벗어서	벗었어요

p.21 2. (1) 지었어요.　　　　　　(2) 부어서
　　　　(3) 저으세요.　　　　　　(4) 웃으세요.
　　　　(5) 벗어야 돼요.

듣기 聽力

p.22 1. (1) 마틴 •　　　• 피부 •　　　• 붓다
　　　(2) 에린 •　　　• 배 •　　　• 어지럽다
　　　(3) 바트 •　　　• 머리 •　　　• 가렵다
　　　(4) 유카 •　　　• 목 •　　　• 소화가 안 되다

　　2. (1) X　　　　(2) O　　　　(3) X　　　　(4) X

읽고 쓰기 閱讀寫作

p.24 1. (1) 한국 친구가 도와주었어요.
　　　(2) 휴가가 너무 짧아서 고향에 못 가요.

제2과 분실물 第2課 遺失物

문법 익히기 熟悉文法

> －는데　　可是~

p.32 1. (1) 제 연필은 짧은데 친구의 연필은 길어요.
　　　(2) 방은 넓은데 화장실은 좁아요.
　　　(3) 팔은 가는데 다리는 굵어요.
　　　(4) 책은 얇은데 사전은 두꺼워요.
　　　(5) 얼굴은 같은데 성격은 달라요.

p.33 2. (1) 음식을 조금 먹는데 살이 쪄요.

(2) 영화를 좋아하는데 바빠서 자주 못 봐요.

(3) 날씨가 따뜻한데 눈이 와요.

(4) 몸이 안 좋은데 술을 자주 마셔요.

(5) 휴가였는데 여행을 가지 않았어요.

－은　　　很～的

p.34 1. (1) 높은 건물　　　(2) 복잡한 도시　　　(3) 추운 겨울

(4) 멋있는 배우　　　(5) 아픈 사람　　　(6) 긴 머리

p.35 2. (1) 긴 거요.　　　(2) 작은 거요.　　　(3) 손잡이가 있는 거요.

(4) 어두운 거요.

3. 작은, 있는, 높은, 긴, 같은

ㅎ 불규칙　　　ㅎ不規則變化

p.36 1.

		-(으)니까 因為～	-(으)ㄴ 很～的	-네요 ～呢	-아요/어요 尊敬語尾	-고 而且
노랗다	黃	노라니까	노란	노라네요	노래요	노랗고
빨갛다	紅	빨가니까	빨간	빨가네요	빨개요	빨갛고
파랗다	藍	파라니까	파란	파라네요	파래요	파랗고
까맣다	黑	까마니까	까만	까마네요	까매요	까맣고
하얗다	白	하야니까	하얀	하야네요	하얘요	하얗고
그렇다	那樣	그러니까	그런	그러네요	그래요	그렇고
이렇다	這樣	이러니까	이런	이러네요	이래요	이렇고
＊좋다	好	좋으니까	좋은	좋네요	좋아요	좋고

p.37 2. (1) 빨간   (2) 파래요.   (3) 하얀

        (4) 노랗   (5) 그런   (6) 좋아요.

보다 (더)   比~ (更加)

p.39 1. (1) 제임스 씨가 호민 씨보다 더 커요.

        (2) 수박이 바나나보다 더 무거워요.

        (3) 비빔밥이 불고기보다 더 좋아요./맛있어요   .

        (4) 샤오진 씨가 유카 씨보다 노래를 더 잘 불러요.

듣기 聽力

p.40 1.

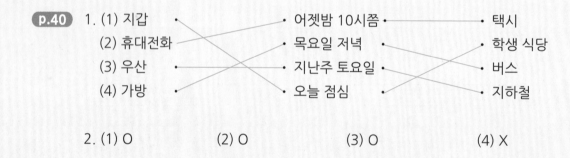

(1) 지갑	어젯밤 10시쯤	택시
(2) 휴대전화	목요일 저녁	학생 식당
(3) 우산	지난주 토요일	버스
(4) 가방	오늘 점심	지하철

     2. (1) O   (2) O   (3) O   (4) X

읽고 쓰기 閱讀寫作

p.42 1. (1) 빨간색 장지갑을 잃어버렸어요.

        (2) 8월 20일 금요일 밤 11시쯤 잃어버렸어요.

        (3) 신용카드와 외국인등록증, 현금 5만 원이 들었어요.

제3과 교환과 환불 第3課 換貨和退費

 문법 익히기 熟悉文法

−는데요　説明情況

p.50 1. (1) 오는데요.　　　　(2) 초등학생인데요.　　　(3) 먹었는데요.

p.51 2. (1) 없는데요.　　　　(2) 오는데요.　　　　　(3) 끝났는데요.
　　　　　(4) 받았는데요.　　　　(5) 책인데요.　　　　　(6) 있는데요.
　　　　　(7) 갈 건데요.

−어야 되다/하다 必須～、得要～才行

p.52 1. (1) 해야 돼요.　　　　　　(2) 꺼야 돼요.
　　　　　(3) 있어야 돼요.　　　　(4) 타야 돼요.

p.53 2. (1) 지하철을 타야 돼요.　　(2) 30분 후에 먹어야 돼요.
　　　　　(3) 한국어를 잘해야 돼요.　(4) 영수증이 있어야 돼요.
　　　　　(5) 일해야 돼요.　　　　　(6) 병원에 가야 돼요.
　　　　　(6) 학생증이 있어야 돼요.

−어 보이다　看起來很～

p.54 1. (1) 기분이 좋아 보여요.　　(2) 재미있어 보여요.
　　　　　(3) 무거워 보여요.　　　　(4) 행복해 보여요.

p.55 2. (1) 커 보여요.　　　　(2) 건강해 보이세요.　　(3) 맛있어 보여요.
　　　　　(4) 슬퍼 보여요.　　　(5) 작아 보여요.　　　　(6) 젊어 보이세요.
　　　　　(7) 어려워 보여요.

−어 드릴까요?   需要我幫（為）您〜嗎？

p.56 　1. (1) 찾아 드릴까요?　　　(2) 가르쳐 드릴까요?　　　(3) 남겨 드릴까요?
　　　　　(4) 들어 드릴까요?

p.57 　2. (1) 설명해 드릴까요?　　(2) 읽어 드릴까요?　　　(3) 열어 드릴까요?
　　　　　(4) 잘라 드릴까요?　　　(5) 환불해 드릴까요?　　(6) 바꿔 드릴까요?
　　　　　(7) 빌려 드릴까요?

듣기 聽力

p.58 　1. (1) ②　　　　　(2) ① 치마: 환불　　② 바지: 교환

　　　2. (1) X　　　　　(2) X　　　　　(3) O　　　　　(4) O

읽고 쓰기 閱讀寫作

p.60 　1. (1) 시장이나 백화점보다 싸게 살 수 있어서 좋아해요.
　　　　　(2) 가방이 마음에 들지 않아서/어울리지 않아서 반품을 했어요.
　　　　　(3) 사진하고 다를 수도 있고 옷은 입어 볼 수 없으니까 조심해야 돼요.

제4과 날씨와 계절 第4課 天氣和季節

 문법 익히기 熟悉文法

같이/처럼　像～一樣

p.68 1. (1) 마틴 씨는 코미디언같이 정말 재미있어요. /
　　 마틴 씨는 코미디언처럼 정말 재미있어요.
(2) 우리 사장님은 호랑이같이 무서우세요. / 우리 사장님은 호랑이처럼 무서우세요.
(3) 그 남자는 모델같이 키가 크고 멋있어요. /
　　 그 남자는 모델처럼 키가 크고 멋있어요.
(4) 4월인데 겨울같이 아직 추워요. / 4월인데 겨울처럼 아직 추워요.
(5) 가을이지만 낮에는 여름같이 더워요. / 가을이지만 낮에는 여름처럼 더워요.

－어야겠어요　應該要～

p.69 1. (1) 불을 켜야겠어요.　　　　　　(2) 약을 먹어야겠어요.
(3) 선물을 사야겠어요.　　　　　(4) 운동을 해야겠어요.

－어지다　變得很～

p.70 1. (1) 많아졌어요.　　　　　　　　(2) 바빠졌어요.
(3) 날씬해졌어요.　　　　　　　(4) 추워졌어요.

p.71 2. (1) 따뜻해져요.　　　(2) 친해져요.　　　(3) 조용해져요.
(4) 밤이 길어져요.　(5) 건강이 좋아졌어요.　(6) 건강이 나빠졌어요.
(7) 괜찮아졌어요.

-기 전에   在~之前

p.72 1. (1) 신문을 보기 전에 샤워를 해요.

(2) 아침을 먹기 전에 신문을 봐요.

(3) 양치질을 하기 전에 아침을 먹어요.

(4) 옷을 갈아입기 전에 양치질을 해요.

(5) 학교/회사에 가기 전에 옷을 갈아입어요.

p.73 2. (1) 벚꽃이 지기 전에 사진을 찍어야겠어요.

(2) 눈이 많이 쌓이기 전에 치워야겠어요.

(3) 장마가 시작되기 전에 여행을 다녀와야겠어요.

(4) 더워지기 전에 에어컨을 사야겠어요.

3. (1) 오후에 따뜻해졌어요.   (2) 비싸졌어요.

(3) 한가해졌어요.   (4) 좋아졌어요.

-을까요?   會~嗎?

(아마) -을 거예요 （也許）應該會~

p.74 1. (1) 시원해질까요? / 시원해질 거예요.   (2) 올까요? / 눈이 올 거예요.

(3) 들까요? / 단풍이 들 거예요.   (4) 끝날까요? / 장마가 끝날 거예요.

p.75 2. (1) 바람이 많이 불 거예요.   (2) (아마) 안 늦을 거예요./늦지 않을 거예요.

(3) 시간이 있을 거예요.   (4) 전화를 안 받을 거예요.

3. (1) 비가 올 거예요.   (2) 결혼할 거예요.

(3) 뜨거울 거예요   (4) 어려울 거예요

듣기 聽力

p.76 1. (3), (2), (1)

2. (1) ① O   ② X   ③ O   ④ O

읽고 쓰기 閱讀寫作

p.78 1. (1) 비가 올 거예요.
(2) 월요일하고 토요일이에요.
(3) (점점) 따뜻해질 거예요.

제5과 예약 第5課 預約

문법 익히기 熟悉文法

-었으면 좋겠다   希望能～、如果能～多好

p.86 1. (1) 여행이 재미있었으면 좋겠어요.   (2) 샤워를 했으면 좋겠어요.
(3) 쉬었으면 좋겠어요.   (4) 기분이 좋았으면 좋겠어요.

-는   正在～的

p.87 1. (1) 잠을 자는 아기는 조카예요.   (2) 9시에 출발하는 기차는 부산행이에요.
(3) 오빠가 듣는 노래는 K-POP이에요.   (4) 엄마가 만드는/만드시는 음식은 삼계탕이에요.

─은   做過~的

p.88
1. (1) 어제 산 옷은 비쌌어요.
   (2) 지난주에 만난 친구는 마이클이에요.
   (3) 저녁에 먹은 비빔밥은 정말 맛있었어요.
   (4) 지난달에 간 산은 단풍이 아주 아름다웠어요.
   (5) 작년에 입은 한복은 정말 예뻤어요.

p.89 2. (1) 들은   (2) 만난/온   (3) 찍은
       (4) 산   (5) 먹은/만든   (6) 읽은

─을   要~的

p.90 1. (1) 갈   (2) 먹을   (3) 줄
       (4) 할   (5) 볼

p.91 2. (1) 가는, 간, 갈   (2) 읽는, 읽은, 읽을
       (3) 듣는, 들은, 들을   (4) 만드는, 만든, 만들

       3. (1) 줄/받은   (2) 가는   (3) 여행할
          (4) 듣는   (5) 먹은/만든

─습니다/습니까?   格式體語尾

p.92 1. (1) 좋아합니다.
       (2) 삽니다.
       (3) 예약했습니다.
       (4) 사람입니다.

밖에 除了~之外

p.93 1. (1) 아니요, 월요일 표밖에 없습니다.

(2) 아니요, 버스밖에 안 갑니다.

(3) 아니요, 사과밖에 못 삽니다./사과밖에 살 수 없습니다.

(4) 아니요, 삼만 원밖에 없습니다.

 ## 듣기 聽力

p.94 1. (1) ④   (2) 2박 3일

2. (1) X   (2) O   (3) X   (4) O

 ## 읽고 쓰기 閱讀寫作

p.96 1. (1) 다음 주 금요일부터 일요일까지 있을 거예요.

(2) 바다를 볼 수 있는 방으로 예약하려고 해요.

(3) 바비큐를 하고 싶어 해요.

제6과 은행 第6課 銀行

문법 익히기 熟悉文法

-으려고(요)　　想要~

p.104　1. (1) 살을 빼려고 밥을 조금 먹어요.

(2) 해외여행을 가려고 은행에서 환전을 해요.

(3) 저녁에 된장찌개를 만들려고 두부를 사요.

(4) 한국에서 일하려고 한국어를 공부해요.

p.105　2. (1) 사려고요.　　　(2) 하려고요.　　　(3) 만들려고요.

(4) 타려고요.　　　(5) 먹으려고요.　　　(6) 찍으려고요.

(7) 신으려고요.

-은 후에　　做~之後

p.106　1. (1) 누른 후에　　　(2) 만든 후에

(3) 받은 후에　　　(4) 끓은 후에

p.107　2. (2) 넣은 후에 비밀번호를 누르세요.

(3) 비밀번호를 누른 후에 찾으실 금액을 누르세요.

(4) 찾으실 금액을 누른 후에 금액을 확인하세요.

(5) 금액을 확인한 후에 카드와 명세표를 받으세요.

무엇이든지	어디든지	어디에서든지	누구든지	언제든지	얼마든지
無論什麼	無論何處	無論在哪裡	無論是誰	無論何時	無論多少

p.108　1. (1) 어디에서든지　　　　　　(2) 무엇이든지/뭐든지

(3) 얼마든지　　　　　　　　(4) 언제든지

─어도 （再怎麼）～也還是、即使～也還是

p.109 1. (1) 도장이 없어도 통장을 만들 수 있어요.

(2) 열심히 연습해도 발음이 좋아지지 않아요.

(3) 날씨가 더워도 에어컨을 켜지 않아요.

(4) 일이 바빠도 부모님께 전화를 자주 해야 돼요.

(5) 아파서 입맛이 없어도 잘 먹어야 돼요.

p.110 2. (1) 일찍 자도   (2) 크고 좋아도   (3) 매워도   (4) 힘들어도

(5) 와도   (6) 멀어도   (7) 아파도

─지 못하다   沒辦法～、不能～

p.111 1. (1) 살지 못합니다.   (2) 들어가지 못합니다.

(3) 걷지 못하십니다.   (4) 만들지 못합니다.

(5) 입지 못합니다.

 듣기 聽力

p.112 1. (1) ②   (2) ③

2. (1) O   (2) X   (3) O   (4) X

 읽고 쓰기 閱讀寫作

p.114 1. (1) 저축 상품을 소개하는 광고예요.

(2) 송금 수수료가 무료예요.

제7과 아르바이트 第7課 打工

문법 익히기 熟悉文法

─었을 때 當~的時候

p.122 1. (1) 할머니께서 돌아가셨을 때 제일 슬펐어요.
(2) 친구가 약속 시간에 늦었을 때 친구에게 화를 냈어요.
(3) 어제 백화점에 갔을 때 가방을 샀어요.
(4) 작년에 한국에 왔을 때 제주도에 가 봤어요.
(5) 한국어를 처음 공부했을 때 발음이 어려웠어요.

p.123 2. (1) 고등학생이었을 때　　　　　　　　　　(2) 왔을 때
(3) 잃어버렸을 때　　　　　(4) 고장이 났을 때

─은 적이 있다/없다 有／沒做過~

p.124 1. (1) 지갑을 잃어버린 적이 있어요.　(2) 교통사고가 난 적이 없어요.
(3) 친구를 도와준 적이 있어요.　(4) 김치를 만든 적이 있어요.
(5) 한국 신문을 읽은 적이 없어요.

p.125 2. (1) 본 적이 있어요.　　　　　(2) 산 적이 있어요.
(3) 해 본 적이 없어요.　　　(4) 입어 본 적이 있어요.

3. (1) 밤 기차를 탄 적이 있어요
(2) 가방을 잃어버린 적이 있어요
(3) 식당에서 일한 적이 있어요
(4) 길에서 자거나 친구에게서 돈을 빌린 적은 없어요.

─겠─　會～，要～

p.126　1. (1) 약속 시간을 잘 지키겠습니다.　　(2) 친절하게 말하겠습니다.
　　　　　(3) 실수하지 않겠습니다.　　　　　　(4) 깨끗하게 청소하겠습니다.
　　　　　(5) 인사를 잘하겠습니다.　　　　　　(6) 항상 밝게 웃겠습니다.

p.127　2. (1) 담배를 끊겠어요.　　　　　　　　(2) 늦지 않겠어요.
　　　　　(3) 일어나겠어요.　　　　　　　　　(4) 약속을 지키겠어요.

때문에　因為～的關係

p.128　1. (1) 교통사고 때문에 회사에 늦었어요.　(2) 바람 때문에 모자가 날아갔어요.
　　　　　(3) 음악 소리 때문에 말이 안 들려요.　(4) 열대야 때문에 잠을 못 잤어요.

─기 때문에　因為～的關係

p.129　1. (1) 오기 때문에　　　(2) 춥기 때문에　　　(3) 시험이기 때문에
　　　　　(4) 아팠기 때문에　　(5) 멀지 않기 때문에

 듣기 聽力

p.130　1. (1) 바트 ●────● 편의점 　●　　　●작년 　●────● 집에서 가까웠기 때문에
　　　　　(2) 샤오진 ●　　●지하철역 앞 　●　　●대학생 때 ●　　● 돈이 필요했기 때문에
　　　　　(3) 지수 ●　　●옷가게 　　●　　●여름방학 ●　　● 옷에 관심이 많았기 때문에

　　　　2. (1) ① O　　　　　② X　　　　　③ O　　　　　④ X

練習問題解答 171

읽고 쓰기 閱讀寫作

p.132 1. (1) 아르바이트를 할 사람을 구하려고/찾으려고 만들었어요.
   (2) 열린편의점이에요.
   (3) 이만 오천 원을 받아요.

제8과 집 구하기　第8課 找房子

문법 익히기 熟悉文法

> －고 있다　　正在～

p.140 1. (1) 친구가 전화를 걸고 있어요.　　(2) 형이 공부하고 있어요.
   (3) 할아버지께서 주무시고 계세요.　　(4) 어머니께서 빵을 만들고 계세요.

p.141 2. (1) 태권도를 배우고 있어요.
   (2) 신문을 읽고 있어요.
   (3) 점심을 드시고 계세요.
   (4) 친구를 만나고 있었어요.
   (5) 말씀하시고 계셨어요.

3. (1) 하고 있어요.　　(2) 쓰고 있어요.
   (3) 신고 있어요.　　(4) 끼고 있어요.
   (5) 차고 있어요.

p.142 1. (1) 한국에서 산 지 5년이 되었어요.
(2) 한국어를 배운 지 4년 반이 되었어요.
(3) 한국 회사에 취직한 지 8개월이 되었어요.
(4) 담배를 끊은 지 7개월이 되었어요.
(5) 한국에 온 지 6년이 돼요.

－기　　動詞的名詞化

p.143 1. (1) 제 취미는 음악 듣기예요.　(2) 제 취미는 자전거 타기예요.
(3) 제 취미는 사진 찍기예요.　(4) 제 취미는 우표 모으기예요.

p.144 2. (1) 태권도 배우기　　(2) 살기
(3) 빵 만들기　　(4) 등산하기

3. (2) 집 주인과 계약하기, 돈 보내기　(3) 이사할 날짜 정하기
(4) 이삿짐센터에 예약하기　(5) 짐 싸기
(6) 이사할 집 청소하기　(7) 이사한 후에 짐 정리하기

－는 것 같다　　應該～、好像～

p.145 1. (1) 노래방인 것 같아요.　(2) 가수인 것 같아요.
(3) 좋은 아빠인 것 같아요.　(4) 어머니신 것 같아요.

p.146 2. (1) 잘 것 같아요.　(2) 생일파티를 하는 것 같아요.
(3) 없는 것 같아요.　(4) 도착할 것 같아요.
(5) 입은 것 같아요.　(6) 싸운 것 같아요.
(7) 알 것 같아요.

p.147 3. (1) 바쁠 것 같아요.　(2) 큰 것 같아요.
(3) 싼 것 같아요.　(4) 작을 것 같아요.
(5) 좁을 것 같아요.　(6) 빠를 것 같아요.

 ## 듣기 聽力

p.148 1. (1) ①　　　　　　　(2) ③

2. (1) O　　　　　　(2) X　　　　　(3) O　　　　　(4) X

 ## 읽고 쓰기 閱讀寫作

p.150 1. (1) 집을 구하는 사람에게 집을 빌려 주려고 만들었어요.
(2) 3개예요.
(3) 50만 원을 내야 해요.

듣기대본 聽力內容

第1課

1. 請聽對話，連結正確的部分。 Track 02

> (1) 여자: 마틴 씨, 어디 아파요?
> 女生：馬丁先生，哪裡不舒服嗎？
>
> 남자: 네, 어제 음식을 먹고 체했어요. 배가 아프고 소화가 안 돼요.
> 男生：是啊，昨天吃了東西之後，腸胃不適。肚子痛，又消化不良。
>
> (2) 남자: 에린 씨, 왜 병원에 가요?
> 男生：愛琳小姐，為什麼去醫院？
>
> 여자: 음식을 먹고 나서 피부가 가려워서 병원에 가요.
> 女生：吃完東西之後，皮膚很癢，所以去醫院。
>
> (3) 남자: 바트 씨는 왜 학교에 안 왔어요?
> 男生：巴特先生為什麼沒有來學校？
>
> 여자: 바트 씨는 감기에 걸렸어요. 목이 많이 부었어요.
> 女生：巴特先生感冒了。喉嚨腫得很嚴重。
>
> (4) 남자: 유카 씨, 지금 어디에요?
> 男生：由夏小姐，現在在哪裡？
>
> 여자: 지금 병원이에요. 머리가 아프고 어지러워서 병원에 왔어요.
> 女生：現在在醫院。頭痛而且很暈，所以來到醫院。

2. 請聽對話，對的打○，錯的打✕。 Track 03

> 여자: 어서 오세요. 어떻게 오셨어요?
> 女生：請進。哪裡不舒服？
>
> 남자: 목이 너무 아프고 콧물이 많이 나요.
> 男生：喉嚨很痛，而且嚴重流鼻水。
>
> 여자: 여기 앉으세요. 감기에 걸렸네요. 언제부터 아팠어요?
> 女生：請坐這裡。是感冒了呢。從什麼時候開始不舒服？
>
> 남자: 어제부터 아팠어요.
> 男生：從昨天開始不舒服。
>
> 여자: 오늘은 주사를 맞으세요. 항상 몸을 따뜻하게 하셔야 해요.
> 女生：今天請打個針。請隨時注意保暖。
>
> 남자: 내일도 병원에 와야 해요?
> 男生：明天也要來醫院嗎？
>
> 여자: 아니요, 내일은 집에서 쉬셔도 돼요. 약을 먹고 계속 아프면 오세요.
> 女生：不用，明天可以在家休息。吃藥之後，如果還不舒服再來。
>
> 남자: 네, 고맙습니다.
> 男生：好的，謝謝。

176 열린한국어

3. 請聽完並連結正確答案。 🎵 Track 02

(1) 여자: 바트 씨, 무슨 일 있어요?
女生：巴特先生，有什麼事嗎？
남자: 지갑을 잃어버렸어요. 오늘 점심에 학생 식당에 놓고 왔는데 다시 가니까 없어요.
男生：我弄丟了皮夾。今天中午放在學生餐廳忘記拿，我再回去的時候，已經沒有了。

(2) 남자: 에린 씨, 제가 휴대전화를 잃어버렸는데 어떻게 하죠?
男生：愛琳小姐，我弄丟了手機，該怎麼辦？
여자: 어떻게 잃어버렸어요?
女生：怎麼不見的？
남자: 어젯밤 10시쯤에 택시에 두고 내렸어요.
男生：昨天晚上10點左右，我忘記放在計程車上了。

(3) 여자: 실례합니다. 물건을 찾으러 왔는데요.
女生：不好意思。我來找東西的。
남자: 뭘 잃어버리셨어요?
男生：請問您遺失了什麼？
여자: 파란색 우산요. 지난주 토요일에 지하철에 놓고 내렸어요.
女生：藍色的雨傘。上週六我忘記放在地鐵上了。

(4) 남자: 여보세요, 버스에 가방을 놓고 내렸는데 찾을 수 있을까요?
男生：喂，我把包包忘在公車上了，有可能找得到嗎？
여자: 언제 놓고 내리셨어요? 버스 번호는요?
女生：請問何時忘記帶下車的呢？公車號碼呢？
남자: 목요일 저녁이고 470번 버스예요.
男生：星期四晚上，是470號公車。

4. 請聽對話，對的打〇，錯的打✕。 🎵 Track 06

남자: 실례합니다. 여기가 분실물센터죠? 지갑을 찾으러 왔어요.
男生：不好意思。這裡是失物招領中心對吧？我來找皮夾。
여자: 언제 잃어버리셨어요?
女生：請問何時遺失的呢？
남자: 그저께 밤 11시쯤 기차에 놓고 내렸어요.
男生：前天晚上11點左右，我放在火車上忘了帶下車。
여자: 어떤 색이에요?
女生：是什麼顏色？
남자: 까만색이에요. 안에 현금 10만 원하고 신용카드가 있었어요.
男生：是黑色。裡面有現金10萬元和信用卡。
여자: 까만색 지갑이 많은데 이쪽으로 와서 보시겠어요?
女生：有很多黑色皮夾，可以過來這邊看一下嗎？
남자: 여기에는 없어요.
男生：這裡沒有耶。
여자: 그럼 여기에 이름하고 전화번호를 써 주세요. 찾으면 전화 드릴게요.
女生：那麼請在這裡寫下姓名和電話。找到的話會和您連絡。
남자: 알겠습니다.
男生：好的。

1. 請聽完並回答問題。 Track 08

> 남자: 어서 오세요. 무엇을 도와 드릴까요?
>
> 男生：歡迎光臨。請問需要什麼？
>
> 여자: 이틀 전에 치마하고 바지를 샀는데요, 집에서 보니까 치마가 찢어졌어요.
>
> 女生：兩天前我買了裙子和褲子，但回家一看，裙子破了。
>
> 남자: 저런, 죄송합니다. 다른 옷으로 바꿔 드릴게요.
>
> 男生：怎麼會這樣，非常抱歉。我會為您換另一件衣服。
>
> 여자: 아니요, 치마는 환불해 주시고 바지는 다른 색으로 바꿔 주시겠어요?
>
> 女生：不用了，裙子請幫我退費，褲子可以換其他顏色嗎？
>
> 남자: 네, 알겠습니다.
>
> 男生：好的，我了解了。
>
> (1) 무슨 문제가 있어요?
>
>   有什麼問題？
>
> (2) 여자는 직원에게 무엇을 부탁했어요?
>
>   女生向職員拜託了什麼？

2. 請聽對話，對的打〇，錯的打✕。 Track 09

> 남자: 무엇을 도와 드릴까요?
>
> 男生：請問需要什麼？
>
> 여자: 아침에 달걀을 샀는데요, 깨졌어요.
>
> 女生：早上我買了雞蛋，但是破掉了。
>
> 남자: 그래요? 그런데 손님이 깼으면 교환이나 환불이 어려운데요.
>
> 男生：是嗎？可是如果是客人打破的，可能不能換貨或退費。
>
> 여자: 전화로 주문하고 배달 받았는데요.
>
> 女生：我是打電話訂購，配送到家的。
>
> 남자: 죄송합니다. 어떻게 해 드릴까요?
>
> 男生：對不起。請問您希望怎麼處理？
>
> 여자: 환불해 주세요.
>
> 女生：請幫我退費。
>
> 남자: 알겠습니다.
>
> 男生：好的。

第4課

1. 天氣怎麼樣呢？聽完之後，請和適合的圖片連結。 Track 11

> (1) 여자: 비가 오고 나서 날씨가 많이 따뜻해졌어요.공원에 꽃이 피었는데 봤어요?
> 女生：下過雨之後，天氣變得溫暖許多。公園開了很多花，你看過了嗎？
> 남자: 네, 하지만 꽃샘추위가 시작되니까 내일은 따뜻하게 입는 게 좋을 거예요.
> 男生：有啊，不過開始進入春寒，明天最好能穿暖和一點。
>
> (2) 남자 : 요즘 비가 정말 자주 오네요. 장마 같아요.
> 男生：最近真的很常下雨呢。好像梅雨季。
> 여자 : 그렇죠? 저도 요즘은 항상 우산을 가지고 다녀요.
> 女生：對吧？我最近也經常帶傘出門。
> 남자 : 내일도 비가 올까요?
> 男生：明天也會下雨嗎？
> 여자 : 텔레비전을 봤는데 내일은 비가 안 오고 조금 흐릴 거예요.
> 女生：我看了電視，明天不會下雨，會有點陰天。
>
> (3) 남자: 다녀올게요. 아마 내일 저녁에 돌아올 거예요.
> 男生：我出門了。大概明天晚上會回來。
> 여자: 운전 조심하세요. 태풍이 오니까 내일 오후부터 아마 비가 많이 올 거예요.
> 女生：請小心開車。因為有颱風，明天下午開始應該會下大雨。
> 남자: 그래요? 어두워지기 전에 돌아와야겠네요.
> 男生：是嗎？那在變天之前我得趕快回來才行。

2. 聽完之後，對的請打◯，錯的請打✗。 Track 12

> 오늘의 날씨입니다. 오늘은 오전에 흐리고 오후 늦게 눈이 오겠습니다. 내일은 오늘보다 더 추워지고 바람이 많이 불겠습니다. 눈이 오면 길이 미끄러우니까 조심하셔야겠습니다.
>
> 以下是今天的天氣。今天上午呈現陰天，下午稍晚會降雪。明天比今天變得更冷，會刮強風。下雪的話，路面會很滑，請務必多小心。

1. 請聽完並回答問題。 Track 14

남자: 안녕하십니까? 열린호텔입니다.

男生：您好嗎。這裡是基礎飯店。

여자: 예약 날짜를 변경하고 싶은데요.

女生：我想要換預約的日期。

남자: 성함이 어떻게 되십니까?

男生：請問貴姓大名？

여자: 에린이에요.

女生：我叫愛琳。

남자: 잠시만 기다려 주시겠습니까? 며칠로 변경하실 겁니까?

男生：請稍等一下好嗎？請問要變更為幾號？

여자: 17일부터 19일까지로 예약해 주세요.

女生：請幫我預約17號到19號。

남자: 네, 그럼 17일로 다시 예약됐습니다.

男生：好的，那麼已經重新預約成17號了。

여자: 감사합니다.

女生：謝謝。

(1) 여자는 왜 전화를 했어요?

　　女生為什麼打了電話？

(2) 여자는 얼마 동안 호텔에 있으려고 해요?

　　女生打算在飯店住多久？

2. 請聽對話，對的打◯，錯的打╳。 Track 15

남자: 안녕하십니까? 열린여행사입니다.

男生：您好嗎？這裡是基礎旅行社。

여자: 다음 주 주말에 바다로 여행을 가고 싶은데요. 갈 수 있는 곳이 있어요?

女生：我下禮拜週末想去海邊旅行。有可以去的地方嗎？

남자: 요즘은 휴가철이라 주말에는 어렵습니다.

男生：最近因為是旺季，所以週末比較困難。

여자: 그럼 평일에는 갈 수 있어요?

女生：那麼平日也可以去嗎？

남자: 네, 평일에는 괜찮습니다.

男生：可以，平日的話可以的。

여자: 그럼 다음 주 목요일부터 금요일까지로 예약해 주세요.

女生：那麼請幫我預約下週四到週五。

남자: 몇 분이 가십니까?

男生：請問幾位同行呢？

여자: 모두 다섯 명이에요.

女生：全部五位。

남자: 네, 알겠습니다.

男生：好的，我了解了。

1. 聽完之後，請根據問題選擇正確的答案。 🎵 Track 17

> 여자　：어서 오세요. 무엇을 도와 드릴까요?
> 女生：歡迎光臨。請問有什麼能為您效勞的？
> 제임스: 환전을 좀 하려고요.
> 詹姆士：我想換錢。
> 여자　：통장이나 카드가 있으세요?
> 女生：請問有存摺或卡片嗎？
> 제임스: 카드가 있어요. 그런데 통장 잔액을 먼저 확인할 수 있을까요?
> 詹姆士：我有卡片。不過可以先確認帳戶餘額嗎？
> 여자　：네, 잠시만 기다리세요. 백오십만 원 정도 있네요.
> 女生：好的，請稍等一下。有150萬元左右呢。
> 제임스: 그럼 오십만 원만 달러로 바꿔 주세요.
> 詹姆士：那麼請幫我把50萬元換成美金就好。
> 여자　：비밀번호를 누르신 후에 확인 버튼을 눌러 주세요.
> 女生：請輸入密碼之後，按下確認鍵。
> (1) 제임스 씨가 은행에서 하지 않은 것은 무엇이에요?
> 　　詹姆士先生在銀行沒有做的事情是什麼？
> (2) 얼마를 환전했어요?
> 　　換了多少錢？

2. 請聽對話，對的打◯，錯的打✗。 🎵 Track 18

> 남자: 어서 오세요. 무엇을 도와 드릴까요?
> 男生：歡迎光臨。有什麼能為您效勞的？
> 여자: 친구에게 돈을 보내려고요.
> 女生：我想匯錢給朋友。
> 남자: 친구분의 계좌번호를 아세요?
> 男生：請問知道朋友的帳號嗎？
> 여자: 네, 알아요. 그런데 돈을 보내려면 신분증이 있어야 해요?
> 女生：是的，我知道。不過想匯錢的話，一定要有身份證嗎？
> 남자: 아니요, 필요 없습니다. 하지만 수수료는 주셔야 돼요.
> 男生：不，不需要。可是必須繳納手續費。
> 여자: 수수료가 얼마예요?
> 女生：手續費多少？
> 남자: 친구분에게 얼마를 보내실 거예요?
> 男生：請問您要匯多少錢給朋友？
> 여자: 삼십만 원요.
> 女生：30萬元。
> 남자: 삼십만 원이면 수수료가 천오백 원이에요.
> 男生：30萬元的話，手續費是1千5百元。

1. 請聽對話並連結正確答案 🎵 Track 20

(1) 여자: 바트 씨, 아르바이트를 해 본 적이 있어요?
女生：巴特先生，你有打工的經驗嗎？

남자: 네, 여름방학 때 편의점에서 한 번 해 봤어요.
男生：有，暑假的時候我有在超商打過工。

여자: 어땠어요?
女生：怎麼樣？

남자: 돈 때문에 밤 11시부터 아침 6시까지 했는데 시급은 많았지만 잠을 못 자서
힘들었어요.
男生：因為錢的關係，我從晚上11點工作到早上6點，雖然時薪很高，但沒能睡好，很累。

(2) 남자: 샤오진 씨, 제가 아르바이트를 하려고 하는데 무슨 일이 좋을까요?
男生：小真小姐，我想打工，什麼工作好呢？

여자: 옷가게에서 일하는 건 어때요? 대학생 때 해 봤는데 재미있었어요.
女生：在服飾店工作怎麼樣？我大學的時候有做過，很有趣。

남자: 힘들지 않았어요?
男生：不累嗎？

여자: 저는 옷에 관심이 많았기 때문에 그 일이 저에게 맞았어요.
女生：因為我對服飾很有興趣，所以那份工作很適合我。

남자: 저는 옷을 잘 모르는데요.
男生：可是我對服飾不太了解。

여자: 그럼 과외는 어때요?
女生：那麼家教怎麼樣？

(3) 남자: 지수 씨는 무슨 아르바이트를 해 봤어요?
男生：智秀小姐有打過工嗎？

여자: 작년에 지하철역 앞에서 신문을 주는 일을 해 봤어요.
女生：去年的時候，我在地鐵站前發過報紙。

남자: 그래요? 어땠어요?
男生：是嗎？怎麼樣？

여자: 집에서 가까웠기 때문에 해 봤는데 힘들지는 않았지만 시급이 적었어요.
女生：因為離家很近，雖然不累，但時薪很少。

2. 請聽對話，對的打〇，錯的打✗。 🎵 Track 21

남자: 안녕하세요? 아르바이트 모집 광고를 보고 왔는데요.
男生：您好嗎？我是看了徵人廣告來的。

여자: 그래요? 여기 앉아요. 식당에서 일한 적이 있어요?
女生：是嗎？這裡坐吧。有在餐廳工作過嗎？

남자: 네, 작년에 한 번 해 봤습니다.
男生：有，去年有做過。

여자: 그럼, 오전 9시부터 오후 3시까지 일할 수 있어요?
女生：那麼，從上午9點到下午3點上班可以嗎？

남자: 죄송하지만 월요일하고 목요일에는 학교 수업이 있어서 좀 어려운데요.
男生：對不起，我星期一和星期四因為學校有課，所以有點困難。

여자: 그럼 월요일하고 목요일에는 오후 3시부터 10시까지 일하면 어때요?
女生：那麼星期一和星期四從下午3點開始工作到10點為止，怎麼樣？

남자: 아, 감사합니다. 그렇게 할게요. 저, 그런데 시급은 얼마예요?
男生：啊，謝謝您。我可以。那個，請問時薪多少呢？

여자: 한 시간에 5,000원이고 밤에 일하면 교통비로 6,000원을 더 줘요.
女生：一小時5,000元，如果是晚上工作的話，會補貼交通費給到6,000元。

1. 請聽完，並回答問題。 Track 23

여자: 마틴 씨, 이사를 하고 싶은데 무슨 집이 좋은지 잘 모르겠어요.

女生：馬丁先生，我想搬家，但不知道怎樣的房子比較好。

남자: 저는 지금 친구와 원룸아파트에 살고 있는데 정말 편해요.

男生：我現在和朋友住在公寓套房，真的很方便。

여자: 그래요? 저는 아파트에서 산 적이 없어요. 지금은 주택에서 살고 있어요.

女生：是嗎？我沒有住過公寓。現在我住在平房。

남자: 에린 씨는 어떤 집을 찾고 있어요?

男生：愛琳小姐想找怎樣的房子？

여자: 저는 지하철역에서 가깝고 깨끗한 집이었으면 좋겠어요.

女生：希望是離地鐵近，又乾淨的房子。

남자: 방이 커야 돼요?

男生：房間需要很大嗎？

여자: 아니요, 저는 자취를 하기 때문에 작은 방도 괜찮아요.

女生：不用，因為我會自己煮飯，所以小房間也可以。

남자: 그럼 에린 씨도 원룸아파트가 좋을 것 같아요.

男生：那麼愛琳小姐應該也很適合公寓套房。

(1) 여자는 무엇을 하려고 해요?

　　 女生想做什麼？

(2) 맞는 답을 고르세요.

　　 請選擇正確的答案。

2. 請聽對話，對的打◯，錯的打✗。 Track 24

남자: 안녕하세요. 열린부동산입니다.

男生：您好，這裡是基礎不動產。

여자: 네, 안녕하세요. 제가 방을 구하고 있는데요.

女生：是，您好。我目前在找房子。

남자: 어떤 집을 찾으세요?

男生：請問要找怎樣的房子呢？

여자: 주택을 찾고 있는데 방은 두 개가 있었으면 좋겠어요.

女生：我在找平房，希望有兩個房間。

남자: 요즘은 방을 구하는 사람이 많아서 집세가 많이 올랐어요.

男生：最近找房子的人很多，房租漲了不少。

여자: 그래요? 저는 비싸지 않은 집이었으면 좋겠어요.

女生：是嗎？我希望能找不要太貴的房子。

남자: 지금 좋은 집이 있는데 시간이 있을 때 부동산으로 오세요.

男生：現在有不錯的房子，如果您有時間，請過來公司看看。

여자: 네, 그럼 내일 오후에 가겠습니다.

女生：好的，那麼我明天下午過去一趟。

千成玉

梨花女子大學國際研究院韓語學系韓國教育碩士
韓文學會外國人韓語教育研究課程的韓國文化聘邀講師
國立韓京大學國際語學院韓語講師
現任仁德大學國際語學院韓語講師
現任韓國國際交流財團文化中心韓語教室組長

金尹珍

漢陽大學教育研究院外國人韓語教育碩士
GIOS外語補習班韓語講師
現任漢陽大學國際語學院韓語講師
前任韓國國際交流財團文化中心韓語教室主任教師

丁美珍

天主教大學韓語教育學系博士課程
現任法務部社會統合計畫基本素養評鑑口語考試官
現任天主教大學韓語教育中心結婚新移民者韓語教室講師
前任韓國國際交流財團文化中心韓語教室教師

李淳晶

慶熙大學教育學院韓國教育學系碩士
首爾國際中心韓語講師
現任建國大學語言教育院韓語講師
前任韓國國際交流財團文化中心韓語教室教師

呂胤姬

首爾大學國語教育院韓語教育碩士
現任國民大學國際教育院韓語講師
現任韓國國際交流財團文化中心韓語教室教師

崔真玉

韓國外國語大學國際地區研究所韓國學系博士
智利中央大學韓語講師
前任韓國國際交流財團文化中心韓語教室教師

朴聖惠

韓國廣播通訊大學英文學系畢業
韓國廣播通訊大學韓語教師養成課程進修（韓語教師3級）
前任韓國國際交流財團文化中心韓語教室教師

申雅朗

漢城大學韓語文學系韓語教育博士課程
現任漢城大學語言中心韓語講師
前任韓國國際交流財團文化中心韓語教室教師

黃后永

梨花女子大學國際學院韓語學系韓語教育碩士
現任三星電機、三星電子的外國人韓語教育講師
現任翰林大學國際教育院韓語講師
前任韓國國際交流財團文化中心韓語教室教師